悲しみをこめて突撃せよ

藤あきら

悲しみをこめて突撃せよ／目次

「甦るローザ・ルクセンブルグ」なる記事読めば短絡的に涙が溢る

道浦母都子「無縁の抒情」

熱かったあの時代に、そしてラドリオの夜に。では、さあどうぞ、理想主義の交信記録である革命の物語へ。

第一章　星空のコンサート

1　星空のコンサート

一郎君はザワザワした人混みの夜の公園を歩いていました。

今日は音楽会が市の主催で開かれます。お姉さんと手をつないでこの「星空の公園」にやってきた時、その時からもうウキウキとして、暗い森の奥をのぞいたり、青白い水銀燈の下のベンチに腰掛けたり、お姉さんからピンク色の綿菓子を買ってもらって両側から二人で食べあったりしてずっと歩き通しなのでした。

お姉さんは淡い花模様のついた白っぽい色の涼しげなゆかたを着て、紺の帯をキュッと締めていました。時々、一郎君の手をギュッと握ってひっぱりながら高等部のクラスメートの女の子たちとおしゃべりをします。その女の子たちとの立ち話しときたら、まるでお星様が頬や唇に落ちたのかと思わせるほどまぶしくて、たわいなくて、話の間中、笑いがキラキラとこぼれ落ちるのです。公園の砂利道の上に月光を橙色に染めてポッと灯っている赤いランプの臭いが暗闇の方からしてきていて、お姉さんはそちらの男の子のたむろしている前をツンとすまして足早に歩いたり、キョロキョロしたり、急に一郎君の方を向いて、やけにやさしい口をきくのでした。時にはうつむいて瞳でニッと笑っていることもあり、一郎君には一体どうなっているのかさっぱりわかりません。

そのうち夜の七時ごろとなり、お姉さんといっしょに一郎君は人混みをかきわけるようにして野外ステージの一番前の席に腰を降ろしたのでした。

ステージの両側には大きな樹木が幾本も立っていて、ドーム型のステージのそばの水銀燈がやけに木の葉の緑色を青白く光らせ、その背後を深い夜の河面のように真っ暗にしています。ステージはバルコニーのようなコンクリートで、その上に縁取るように赤や黄や青の紙のバラが飾られ、柱という柱には朝顔の花や様々な花の飾りが絡みつくようにいっぱい咲いていました。ステージの半ドーム状の屋根の上に、ぐうんと遠くまで紺色の空が広がり、月光が右の上の方から斜めにふり注いでいました。真上の夜空にはダイヤモンドのような星や青水晶のようなのや、ほうずきみたいに赤い星がちらばっていました。それは少し寒々としているようでしたが、水飴に浮かぶ小さな気泡のようにとても美しく、穏やかな天上の世界を想わせるのでした。そろそろ音楽会が始まりそうです。

今宵のコンサートの係の女の子がステージに上がってきました。

「ねえ、コンサートって音楽会のことでしょう」

一郎君がお姉さんに言いました。

「そう、いま、始まるんだから、ね」

お姉さんがうるさそうに一郎君の方を向いて答えました。

ステージの女の子はお姉さんと同じくらいの年ごろでした。とっても可愛らしいのですが、話している間中、それはもう恥ずかしくってたまらないっていうふうに、何度か司会の口上を忘れてしまって顔を赤くしたり、うつむいたり、と思うとキッと顔をあげて真っ赤な頬を膨らませて懸命に練習した言葉を暗唱しています。

いよいよ市の音楽隊がぞろぞろステージに上ってきました。

すると大人の人がステージの脇の大きな紙を指で示しました。

「では市民のみなさん、そして良い子のみなさん。一番最初の曲目は、我がプロレタリア音楽隊の得意中の得意、チャイコフスキーをと思いましたが、それはひとまずやめまして、市が現在、反動政府に対して革命闘争中であり、市の全周囲では革命的労働者や青年、知識人、婦人が防衛戦の任務についておる現状から、まずはイタリアのパルチザンの曲目からどうぞ。これはパルチザン闘争に参加しようとする若者が、恋人に別れを告げる心境と、闘争への英雄的決意を歌ったものであります。合唱は市芸術部隊所属、我らの同志、三田加代子さん。彼女の歌声はきっとこの森の向うの戦士たちの胸にも、美しく気高い感情を呼び起し、いつまでも永遠に変らない愛情の美しい姿を、すべての市民ともども戦いの一瞬の裡にも抱き続けることを可能とするでありましょう。まさに音楽は人間の本然的な美しい感情そのものであり、人類の文化は音楽の気高さにおいてその偉大な姿を宇宙のかなたにまで奏で続けるのであります」

大人の人はまるで星空にひとりで演説するように胸をそらし、感激したように語りました。

「ああ、大変話しが長くなりました。今宵は我々市革命委員会主催の『星空のコンサート』。ではゆっくりとお楽しみください。では同志たち、妙なる笛の音と力強いドラムの響きを。この森と森の向うのすべての良心ある気高い人びとに、そしていじらしい良い子の心のなかへ。やさしく、夢のように。どうぞ音楽を聞かせてください」

その人はこれだけ言い終ると頭をピョコンとさげてステージを下りかけました。すると万雷の拍手が起こり、その背の高いやせた男の人はまたピョコンとおじぎをしてステージの陰に消えてゆくのでした。

美しい髪の長い女の人が現われました。植物の葉っぱの色の兵隊さんの服装をしていて、左腕には『芸術部隊』と白いマジックで書かれた赤い腕章をしていました。髪は夜風になびき、照明に映えて輝くような白い肌や美しく潤んだ黒い瞳は、まるで一郎君には夢のなかの女の人のように思えるのでした。

お姉さんは真すぐ前を向いていて、一郎君の手をギュと握って自分の膝の上におさえています。ドラムが鳴り、トランペットが歌い、その女の人はイタリア語で歌いました。透き通るような美しく力強い歌声でした。

「チャオ、ベラ、チャオ、チャオ、チャオ！」

その女の人は得もいわれない感情の高揚でそんなふうに歌い続けました。

一郎君には言葉の意味がわかりません。

お姉さんにたずねると「さよなら恋しい人、さよなら、さよならって言うのよ。わかるでしょう。戦争に行っちゃうんだものね。だから、だからね、何度でも、さよならって言うの」と答えてくれました。

お姉さんは真すぐステージを見つめたまま、遠くを想い続けるようになって、一郎君がとなりにちょこんとすわってお姉さんを見上げている視線なんかまったく無視しているのです。じっとお姉さんの横顔を見上げていると一郎君はなんだか不思議な気持になってくるのでした。

(お姉ちゃんって、あの女の人に似ているかも……)

ステージの女の人は続いてユーゴスラビアの労働歌を歌いました。髪が美しく揺れて、大勢の人たちがいっしょに歌っているようなゆっくりと震える声でした。

お姉さんは「いいわねえ……」とつぶやきました。

「ねえ一郎、あなたが大きくなったらこういう歌をみんなで歌って涙を流しながら、あなたのいい人と別れなきゃならないのよ」

一郎君は大人っぽいお姉さんの言い方にちょっとビックリして、
でも「どうしてさ」と聞き返しました。

「お父さんをごらんなさいよ。人の一番大事なものはね、愛なのよ。でもそれを貫くには強い心がなくちゃダメなの。いつもそう話してくれるでしょ」

一郎君は黙って聞いていました。

だってお父さんのことが一番好きだからです。

ああ、なんて夜空のお星様は美しいのでしょう。青白い銀の月光が降りそそいでいるこの森で、街中の子供たちや女の人や老人たちが美しい歌に聞きほれているのです。若い男の人たちもです。ステージの音楽隊には頭のはげたおじさんも、白髪の老人も、若者もいます。バイオリンを奏で、トランペットを吹き鳴らし、力強くドラムをたたきます。ときたまとろけるように甘く、長い長い余韻が夜空に昇ってゆきます。木の上に結ばれた赤い旗が闇のなかに仄かにハタハタとはためいていて、時々、森の奥で木の葉が涼しげにさざめいているのが聞こえてくるようなのです。

女の人の歌がいつしか終っていました。拍手は怒濤のように湧き起こりました。元気のいい青年たちは一斉に口笛を吹き鳴らしました。

すると先程の長身の男の人がまたステージに上がってきたのです。

「三田さん、ありがとう。とても素晴らしい歌でした」

そう微笑して拍手で女の人を見送りました。

「さてみなさん。ジャズとは一体なんでしょう。プチブル（余裕のある中産階級の資本家たち）インテリのものでしょうか。プロレタリア（もっとも普遍的な人間の生身のあり方、下層の無産階級）労働者には無縁なものでしょうか。偉大な革命歌のみがプロレタリアの歌でしょうか。いいえ、プロレタリアはすべての心の歌を識っています。赤裸々な魂の叫び、言葉にならない重い軛のような苦悩、虐げられた悲しみ、押し込められた憂鬱、怒り……。すべてのプロレクタリアーの真性の感受性は人間的なもの一切に対し、子供のように開かれています。心ある歌は心を揺り動かし、人びとを力づけるものであります。そしてジャズこそは、みなさん。ジャズこそは音楽として生まれたその原初からプリミティブ（根源的）な人間の魂、宇宙のような感性、偉大なる精神にほかなりません。

子供たちはどうか耳をすませて聞いてください。一つひとつの楽器が人間の内奥の魂となって、言葉にならない声となって、この夜空に立ち昇り、あふれ、銀河が流れるようにかなたに飛行してゆくのがわかるはずです。吉田君のトランペットを、安井君のサクスホーンを、山谷さんのピアノを。ああ、わたしたちの革命に参加した才能ある、心篤き、真正直な情熱に満ちた若い音楽家たちの心を、心を、どうかお聞きください。ジャズは決意表明であります。ジャズは人格であります。一番生き生きとした魂であります。魂……

そうです。わたしたちは芸術家の魂に触れる栄光を、革命と人類の名において感謝するものであります」

またもその男の人は長々とあいさつをしました。

時たま「革命的非情さが抜けている！」などと青年たちから指摘がありました。そのたびに男の人はちょっとどぎまぎし、自信なさそうにそちらを見て言葉をつまらせるのでした。

最後にその男の人はこう言いました。

「みなさん、革命は、現段階では戦争であります。しかし人が戦争で命を捨てることができるのは、ただその戦争がどれほど多くのあふれるほどの愛を内包させているかによるのであります。戦争の非情さは、わたしたちに最も人間らしい苦悩を、人間の愛の問題をいつもいつも突きつけています。だから、少々甘ったれているとしても、わたしたちの戦争は戦争らしくない戦争か、あるいは最後の戦争にふさわしい苦悩と誤謬と、かけがえのないものへの惜別の悲しみで混乱し、しかもその混乱を気高く力強い良心によって乗り越えようとする、そのような戦争となるでありましょう。

みなさん、人類の芸術は革命のための技術ではありません。反革命の拠点でもありません。歴史上すべての革命を貫いて人びとを導いてゆく人類の普遍の価値そのものであるのです。人類が存在することの宇宙的意義は痛苦な革命の最中でも存在し続けること、この緊張のなかで革命の事業を成し遂げること、これこそがわたしたちの革命であったはずであります。ああ、わたしは市革命委員会を代表してはおりません。ただ芸術部隊は革命に忠実であります。それでなくてはわたしたちの革命も人類の芸術も存在し得ないのでありますす。ではみなさん。『星空のコンサート』第二部はジャズ・ミュージックであります」

とたんに拍手が起こり、老人たちは静かに何度もうなずきながら手をたたきました。子供たちには男の人の言葉が理解できませんでした。でも、その男の人の思いはしっかりと受け止めたようでした。少し成長した少女たちは星と月光で瞳を濡らして拍手をしていました。元気のいい青年たちは、にやにや笑いながら彼らの父や母を見つめるように、やさしさにはにかんで夜空を見上げていました。もちろん、なかには唇をかみしめて、なにかに打たれたようにまんじりともせず、壇上を降りてゆく男の人の弱々しい、ひょろりとした後ろ姿を見つめている若者もいました。拍手が何回も木霊したように思えました。

そして野外音楽堂を取り囲んだ森の奥に吸い込まれていって、しみるような一瞬の静寂がおとずれた時、ステージの中央奥から、微かに、徐々に力強く、吹き上げてくる高くきらめくようなトランペットが聞えてくるのでした。

周りは静寂そのものでした。トランペットの一筋の音色だけが悲しげに長い長い余韻を引いてとぎれると、にわかにドラムの連打が始まり、それは激しく、重く、なにかを言い伝えたい思いがあふれるような意志と抑制と緊張感に満ちたオープニングとなったのです。

やがてサクスホーンが重なり、ピアノがポロポロ鳴り出し、ベースがズンズンはじけるとギターが激しくかきならされ、トランペットは開放されたように星空のかなたにまで悲しく、怒りに満ちた叫びをとめどもなく放つのでした。すべての人びとは美しく孤立したトランペットの音色に熱い想いに駆られ、一音一音のアドリブ（即興演奏）の刃のような彩りに人間の精神の陰影を、苦悩を、美しさをとらえようと、じっとうつむいて聞くかであったのです。

若者たちは足を組んでつま先を見つめていました。子供たちはうつろな表情でなにかしら不思議な気配となったコンサート会場にただ黙って、子供らしい生真面目さでステージの演奏者たちの顔を見つめるのでした。

音楽はしだいに激しい奔流のように混乱した高揚へと高まってゆきました。ほとんどメロディーは消え去り、演奏者の無垢な魂の掻き抱くような音色がそれぞれの楽器から放たれ、絡みあい、下降し、屈折し、時に澄んだ意志のように立ち昇り、奔流へと、圧倒的な終曲のクライマックス、ドラミングへと向かってゆくのです。

シンバルが激しく震え、鈴がリンリンと響き、ドラがグァーングァーンとあふれ、ドラムはさらに勢いを増して熱狂的となり、数分間も体力の限りをつくして打ち続けられると、その持続する力闘のような姿はしだいに悩ましく神秘的な苦悩に満ちた存在として、どこか筋肉が精神に昇華してゆく、そうしたものですべての人びとの胸を揺さぶり始めるのでした。

激しい怒りの亀裂のようにコップが砕け散る音、足も手も跳ね回るドラミングを断ち切って絶望的に吹きあげられるアルト・サクスホーンのきらめき。

ウォーという叫びが人びとの間からたちのぼり、続いて激しい拍手が、口笛が、歓喜に堪え切れないようにすべての観衆の間から湧きあがったのです。

それは誰にも言葉にできない感情の坩堝、爆発する高揚のようであったのです。それは美しくやさしい夢のためでも、それぞれがこのときまで生きてきたすべての思い出のためでも、忘れた人びとや、捧げつくした真心や、泣きながら別れた人や、ふり切ってきた一切の感情のためでもなく、恋人や、懐かしい家庭への想いや、弟や妹や、姉や兄や、父や母や、もろもろの最も人間的で限りなく愛おしい一切の思いや感情のためでもなく、あるいはこの会場を埋めた数千の人びとに伝播してゆく連帯感のためでもなく、革命の将来や歴史への確信、悲劇や英雄主義や、宇宙の限りない闇が抱く虚無や、その克服のためでもなく、しかしそれらなにひとつ欠くことのない感動のために、我を忘れて打ち震えるのでした。人びとは誰ひとり立ち上がって「これが芸術なんだ！」と叫びはしませんでした。しかし人びとは一人ひとりが人であること、そのうれしさと誇りのなかでステージの音楽家たちを抱きしめるんだと思い続けたのです。

熱い愛情が惜しげもなく観客席のうるんだ瞳からステージの音楽家たちに注がれました。拍手と歓声と口笛、とめどない高揚の嵐、熱狂はすべてを超え、革命をすら超えているかに群青の空に立ち上り、人びとは手を握りしめて高く上げ、確信に満ちた革命への決意表明を何度も、何度も交錯して叫び続けるのでした。

2　美しい魂たち

すべての演奏が終った後でも一郎君とお姉さんはまだベンチに腰掛けていました。

お姉さんがふと立ち上がりました。

一郎君は腰掛けたまま、お姉さんを見上げ、そのままゆっくりと立ち上がると夜空のお星様を見つめて大きく胸をそらし、涼しげな空気をいっぱいに吸い込みました。

一郎君は、どうしてか今日ほどすべてが美しく思えたことはないのです。なにもかもが美しく思えました。たくさんの人びとがみんなやさしい人たちだとわかったし、それになんと言っていいのか、この世界のもろもろのものが、力強く一郎君たちの味方なんだと思えてくるのです。お星様も、夜風も、森も、山脈を越えた向うのまだ見たこともないたくさんの人びとも、みんな友達なんだと思えてくるのです。そんな気持ちになって一郎君が甘い夜風に押されてゆっくりと腰を上げ、お姉さんの後についてベンチとベンチの通路を抜けて歩き出そうとした時、ふと後ろの隅のベンチに顔を手で覆ってうずくまっている老人を見つけました。

一郎君がお姉さんを突っついて「ほら……」と言いました。

お姉さんは黙ってそちらを見つめました。

一郎君が駆けていって老人の顔をのぞき込むようにして言葉をかけたのです。

「ねえ、……おじいちゃん体悪いの?」

すると老人はハッと気がついたように驚いて顔を上げ、涙ぐんだ目で一郎君を見つめて、照れたように微笑しました。

「ああ、なんだ、坊やかい。……いやいや、ついおじいちゃんは泣いてしまってね。そう、そうなんだ、年寄りってのは、泣き虫なんじゃね」

と淋しげに言うのです。

一郎君の頭をなでながら「坊みたいなキラキラした子にやさしい言葉をかけられると、もう一度、泣いてしまいそうになるんじゃが……」

と言いながら声に出して笑い、しわだらけの手の甲で涙をぬぐい、鼻をぐしゅっとすりました。

その時、お姉さんが近づいてきました。

「おやおや坊や、お姉ちゃんかい」

「ウン」

一郎君は振り返って、お姉さんの手をとって甘えてみせました。

「おじいさん、体の具合が悪いの？」

お姉さんが眉をくもらせるような表情でやさしく言いました。

「いやいやお嬢さん、そうじゃないんだ。つい、わたしはコンサートに驚いてしまって……ずいぶんと昔の革命前のことや革命の将来のことを想っていると、もうわたしなんぞは死んでもいいんだと……いやいや、こういう素晴らしい人たちをいっぱい一度に見てしまったものだから、こう、なんていうか、生きていてよかったと思ったものじゃから……」

おじいさんが混乱したように言うと、三人とも黙ってしまうのでした。

少ししてから三人でクスクスと微笑すると、なんだかいっしょに歩き出しているのでした。おじいさんは一郎君の手を大事そうに握ってニコニコ笑いながら歩いていました。

「わたしはね、ほんのひと月前にこの解放された都市にやってきたんじゃよ。それまでは、ほれ、先週この公園でやった人形劇があったじゃろ、ちょうどあのプロレタリア人形劇に出てくる地下街の盲目の老人みたいにね……」

そう言って音痴なメロディーをつけて歌いだすのです。

昼も、夜も
夜も、昼も

おれたちにはおんなじさ
いつもいつもおんなじさ
お陽さま、いちどもあおげない
洗濯物は、かわかない
夏も、冬も
冬も、夏も

「そうしてね、『鳥だって？　鳥がついにやってきたのかい。おおブラボー』って叫ぶ日なんかありはしないと思って生きていたんじゃ。もう希望なんぞは青春のように枯れはててしまったんじゃとね……」

おじいさんは口をムニャムニャさせながら、さらに身の上話しみたいに話し続けるのです。

「ところがじゃ、そうじゃなかった。この都市の外では灰色の服を着た殺人者たちが人びとを脅しつけ、石の牢屋に連れ込んでいるがね、ここじゃまるで大違い、別世界なんじゃ。こりゃ大変だと思ったね。いつかここの人たちは皆殺しにあうじゃろ、と最初は思ったものじゃ。ところがだよ、坊や。おじいちゃんは、もう、ちっとも心細くなくなったんじゃ。坊にはわからんかもしれんがね、人は死ぬことが恐ろしくなくなった時ほど、力いっぱい、やさしく生きれるものなんじゃ。ここにいるみんなは、一見、子供みたいに芸術だの魂だのと言っているが、ほんとうは自分たちを取り巻いている恐ろしい結末を知っているんじゃ。

そうじゃ、まだまだなんじゃ。ほんとうに素晴しい世界はまだ先なんじゃ。みんなはそのためには死んでもいいと思っている。わたしはそれがうれしいんじゃ。みんなはそんなことをこれっぽっちも口には出さないがね、心の内では、希望に支えられ、涙に鍛えられた、しっかりした気持ができあがっていてね、坊や、坊のお姉さんが生き生きしているのを見ると、締めつけられるほど悲しさとうれしさが、こう、なんていうんじゃろか、一度にどっと押し寄せてきて、もう唇をかみしめるばっかしになっちゃうんじゃよ」

「おじいさんはやさしいニヒリストかしら?」

お姉さんがいたずらっぽく、つぶやくように言いました。

「え? ああ、そうじゃ、そうかもしれん、それでいい。若い人は生き生きとしているのが一番じゃ。わたしみたいな年寄りはね、せめて度し難いニヒリズムでもって、あんたたちみんなを見守っていたいんじゃなあ」

そうおじいさんが言うと、今度ははっきりした力強い声でお姉さんに話しかけました。

「お嬢さん、革命の歴史は勉強しているんじゃろ」

「ええ、やっています。父や母の歴史ですし、わたしたちのこれからの歴史なんだからって、よく革命委員会の方がおっしゃいます」

「うん、そうじゃ。わたしなんかはむつかしい事は不勉強でなにもわからんが、みんなを指導してゆくには歴史が一番じゃ。すべての結論は歴史のなかにある。すべての方法もね」

「父もよく言います」

「うん、お嬢さんは勉強家だ。もっと勉強してローザのようにならなくては」

「ローザ・ルクセンブルクでしょ」

「そう、ローザなんじゃ」

「でも彼女はレーニンに批判されたのでしょ」

「うんにゃ、そうじゃない。いや、それはそうなんじゃが、ローザの革命の理想は、スパルタクス・ブンドの未来への使命は、もっと遠くにあったんじゃ。理想主義的誤りというそうじゃが、革命の方法論の対立なんだと昔、勉強したことがあるよ」

お姉さんは素足に履いた青い鼻緒のついた黒いゲタで地面に落ちた葉っぱをけるようにしながら、フムフムとうなずいているのでした。

一郎君は、両側の二人の話しをいつしか聞き流していて、先程のコンサートの最後の場面ばかりを思い続けているのです。ほんとうに思い出すと不思議な気持になるのです。司会の男の人が、コンサートの最後にステージに上がってきて、体中をブルブル震わせて演説したのです。

「ありがとうみなさん。素晴らしかった。ほんとうに素晴らしいコンサートでした。わたしたちのこのナイーブな宵を、もし歴史が嘲笑するなら、きっと歴史が誤っているに違いありません。みなさん、がんばりましょう。わたしたちの命を賭した理想のために、人の尊厳のために、理由なく反革命政府の残虐さによってわたしたちから奪われ、惨殺されたすべての人びとの魂のために。そうです。わたしたちは勝利する。人類が人類を止揚する偉大な革命の第一歩の膨大な犠牲は、きっと贖われる。そうです、みなさん！」

そう言って、男の人はこらえ切れぬように人びとを見つめ、楽団の人びとをふり返ったのです。

人びとは拍手をしました。重く静かな、力強いやさしさを込めた美しい拍手でした。その拍手は波のうねりのように何度も起伏し、いつまでも止まないのです。それから男の人がステージの真中で両手を大きく鳥のように広げると、にわかにドラムが乱打され、トランペットやシンバルやピアノやアルト・サクスホーンやありとある楽器が一勢に、観客たちの愛と友情に応えるかのように演奏されたのです。

するとさ万雷の拍手のなか、ステージの両側から赤い旗を持った少女や先程歌を歌った女の人や市革命委員会の議長や幾人もの代表者たちが現われたのです。拍手は一段と高まり、行進曲のようにリズムをつけ、ステップするように響き、渦を巻いて湧きかえりました。

ステージに一列に並んだ人びとは、みな微笑し、各々のゆるぎない夢に支えられて、すこやかな透き通った表情で人びとを見つめるのです。老哲学者ふうの議長は、司会の男の人を抱くようにして握手し、ついで右手で人びとに応え、ふり返って楽団の人びとに拍手しました。楽団の人びとも楽器を放し、みな微笑みながら老哲学者ふうの議長に拍手するのです。

そして、その老人は「みなさん……」と静かな口調で人びとに呼びかけました。

一郎君が覚えている議長の挨拶は、熱っぽく両手を胸のところにもってゆき、両のこぶしを力強く握りしめながらかすかに上下させ、人びとに訴えた次のような個所なのでした。

「……かつて混迷の時期、ひたすら苦悩し、やりすごすことが敗北主義のひとつの方弁でありました。また武闘へと飛躍することが革命主義の敗北的言い逃れでありました。また革命を官僚的に歪小化することで自らの思想的貧弱さのカムフラージュとした幾多の左翼官僚たちが存在していました。が、しかし、わたしたちはそれら一切に決別し、神秘主義、ロマン主義。アナキズムの蔑称を乗り越え、いま、ほんとうの革命の偉大な姿を出現させつつあります。革命の偉大なパトス（情熱）の十全なる渦巻きが、こうしてここに、最も優れた一切の人間的諸属性の果てをも知らぬ素朴にして圧倒的な噴出を可能としているのであります。

しかし、みなさん。戦争は至烈であります。純粋に戦争は力学的であります。ですからわたしたちはギリシャのスパルタであり、アテネでなくてはなりません。わたしたちの勢力はいままさにわが国全土のあらゆる社会的諸関係を揺り動かしつつありますが、さらに突き壊し、わたしたちの社会、社会主義の社会をわたしたちが完遂しなければ、わたしたちはその何十倍もの反撃によって一挙に壊滅せられることでしょう。わたしたちのこの解放された都市は、永久に記憶され亡びることはないとしても、しかし明日、地上から完全に抹殺されるかもしれないのです。

だから、みなさん、わたしたちはそれぞれ、力の限り戦い続けなくてはならない。わたしたちはわたしたちの亡んだ後の未来に対しても、なお責任を有するのです」

一郎君はおじいさんとお姉さんの両方につないだ手を大きく前後に振って歩いていました。

「おやおや坊や、そんなに強く振ったらおじいちゃん倒れてしまうよ」

おじいさんがヨロヨロしながら一郎君に言いました。

一郎君は「エヘー」と笑いながらステップしました。

「おや、もう出口まで来てしまった」

おじいさんが公園のゲートの前で名残惜しそうに言いました。

「おじいさんはどちらに住んでいらっしゃるの?」

お姉さんがたずねました。

「わたしは北川町通り一番街のアパートだよ」

「そう。じゃあ、あたしたちとはここでお別れね」

お姉さんが一郎君の方を向いて言いました。

「おじいちゃんバイバイ」

一郎君が小っちゃな手をふっておじいさんを見上げて微笑んでいます。

「うんにゃ、坊、バイバイ。またどこかで会うじゃろ。お嬢さんさよなら」

「さようならおじいさん。またいつか」

「さようなら」

「バイバイ」

「おお、バイバイ、坊や、バイバイ」

「さようなら」

「さようなら、お嬢さん」

おじいさんは暗い街路に点在する水銀燈の光に照らされて、何度もふり返りながら、とぼとぼと帰ってゆきました。ねこぜの後姿とすりへった革靴の音がアスファルトの黒い路の上をゆっくりと遠ざかってゆくのです。

「お姉ちゃん、北斗七星だよ」

一郎君が去ってゆくおじいさんの真上の星空を指して言いました。キラキラした七つの星が、ゆらゆら揺れているように輝いていました。

「ほんとだ。きれいね、一郎」

お姉さんがにっこりして言うのでした。

第二章 人民の学校

1　海の見える学校

翌朝、一郎君とお姉さんは、朝早く軍事委員会の方へでかけてしまったお父さんの顔も見られずに、二人して市の西北部にある、海に突き出た砂丘の学校へと急ぎました。

まだ通学路には夏の朝らしいすがすがしさが満ちていて、透んだ空気の粒々の上にまぶしい陽光がおしげもなく降ってきて、空中で踊って、大気は息を吸い込む度に新鮮な充実感を醸しだしてゆくのです。なにかを燃やす薄青い煙が校舎の用務委員の部屋から一筋、上空に昇っていって、海からのそよそよとした風に地面の雑草といっしょに揺れているのでした。

焦げ茶色にやわらかく土が均された校庭の端まで登ってゆくと、校舎の壁が白っぽく朝日に輝いて見え、そこから一郎君は小学部一年のクラスへ手を振りながら歩いてゆき、お姉さんは校庭をずんずん突きぬけて向うの高等部の校舎へ急いでゆくのでした。

一郎君は、毎朝、登校するとすぐに校舎四階の屋上に出て、市街地や、遠くの山や、そこから扇状に広がって海まで伸びているこの平野の全貌を見るのが好きでした。眼下の街には家並みの向こうの広い道路をゆく車や、アーケードのある大通りに面したレンガ色の革命委員会のビル、その屋上のポールにひるがえっている赤い小さな旗や、隣接する公園に舞い飛ぶハトが一望の下に見え、遠くには紫色の靄がかかったような青い山々の連なりや、その山脈の尾根の上を大波のようにモクモクと越してくる真白な夏雲の軍団や、幾つも点在する緑色の平野のなかの集落のぼんやりした景色などを、あきもせず、じっと見つめるのです。

この大パノラマのなかにたくさんの人たちが生きていて、たくさんの人たちが懸命に戦争しているのです。けれど、それはまるでウソのようにいつもすがすがしい眺望、一大パノラマとして、一郎君の小さな心をいっぱいにし、できることなら、いつまでもここにいて、あの森の上へ飛んでいったらどんなだろう、あの山脈のムクムクとした雲の端っこにすわってみたらどんなだろう、長細いビルの天ペンにいて直角に下をのぞいたらどんなだろうと、大空を舞う空想に浸るのでした。そして勢いよく真上の空へ顔を向けると、もう一郎君の顔の周り中は青い空で、それはそれはクラクラするほど自由な気分を味わえるのでした。青い海のような大空の真中にフワフワと浮いているように……。

一郎君がクラスに戻ると、もう教室中は友達でいっぱいになっていて、一時間目の授業を受け持つ木下先生がやってくるころでした。

木下先生はいつもまぶしいように微笑んで、よく笑いころげる若い女の先生です。国語の授業なのですが、いつもきまって愉快な外国のお話しに脱線してしまいます。

『人』という字は、その形を見ると二つの種類の人間で構成されていることがわかります。威張っている人と、その人を支えている人です」などと、構成という難しい言葉をすぐに使ってしまい、だからその後でその言葉を一生懸命、違う言葉で言い直したりします。

「この理論は中国のひとりの指導者が発見したもので、その人は六十歳になっても若者と大河を泳ぎました」とか、「この南の島に、たった三十人の武装した同志と乗り込み、ついに革命を成し遂げました。ほら、この写真を見てちょうだい。すごいおひげのおじさんでしょう。こうしていつも軍服を着ているのに、きっと寝ているときもそうなんだわ、ニコニコとビキニ姿の女の子たちとお話しするのよ。でも、このおじさんはとっても立派な人で、よくスタジアムに集まった数万人の労働者の前で五時間も六時間も大演説をぶつのです。時には一晩中、大声で情熱的に訴えるから世界中にまで有名になったのよ」などと言ってはひとりでクスクス笑うのです。

そしていつもこういう脱線した話しの後で「この人たちはみんな革命家です」ときっぱ

りと言うので、一郎君たちにはなんだか変でよくわからないけれど、とってもいい先生なんだなぁと思わせてしまうのでした。

お姉さんの方は、もう高等部の二年生でしたから、とてもこうはゆきません。ひどく専門的な勉強が多いのです。

特に科学と社会科、そして経済学と哲学とに非常に多くの時間が与えられていました。

お姉さんの一時間目は科学でした。若い理論物理学の先生がアインシュタインの相対性原理から量子論、難しい「場の理論」を説き、「相対性理論があらゆる人類の知的・科学的領域を支配しつつある。これは科学が、わたしたちの世界観にとって、哲学にとって、実に偉大な貢献をなしている姿そのものなのだ……」と言ったり、「そもそも宇宙の限りない闇は、素粒子の秘密とともに科学と哲学とが止揚された存在論の領域にあり、宇宙とはなんであるか、存在はなぜ、どこに、存在するのか、わたしたちが在るということは一体どういうことか、その本質的洞察はいまも人類史のかなたに託されている……」などと壮大な科学者のロマンを披瀝し、お姉さんたちをワクワクさせるのでした。

また生物学の授業では、老いた博士がゆっくりと講義し、脳組織の不思議や命の謎を解きほぐし、心理学では思惟の構造や、ロゴテラピー（実存分析学。世界観や意味や自由をめぐる実存主義的な心理療法）を乗り越えたとする革命的弁証で、一切の精神疾患を存在論によって救う、などという先生なのでした。四時間目の社会学では、非常に学者っぽい繊細な感じの青年が、まるで外観とは裏腹な正反対の情熱で革命の社会学を講義するのです。それはいつも、人類の歴史の重さと、革命が孕む「意味」の膨大さを指摘するものでした。

さらにお姉さんたちの学んでいる科目をあげるならば、革命政治学ではロベスピエール（フランス革命の革命家）からバブーフ（同、急進派）まで、スペインやドイツ、中国の革命史を説きながら、レーニンの歴史的な名著「国家と革命」を挙げて、「人類史は必ずや、より完全な民主化に向かって一切の支配、被支配を超越するだろう。その時には人間のすべての価値は、およそ歴史上かつてなかった素晴らしさで解放され、実現され、発揮され、人間は初めて一個の人間として人類史に登場するだろう」と感嘆を込めて叫ぶのでした。

また経済学では「富は、ただ人間の労働の裡にあり、人間の人間的可能性だけが、すべての富の源泉、唯一最高の富といえます。人間の頭のなかにあるものが富へのエネルギーで、人間の人間的生活だけが、富をほんとうの富として、すなわち有用な使用（ないし交換）価値として存在せしめる、生み出すのです。いいですか、富は歴史的には私有され、ただ物質の私有が生み出した支配の論理、支配の形象化ですが、本来、富は人間のものであり、人にとって有用、有意義な価値は社会に平等に使用、消費されるべく社会化されねばならないし、だから共（同生）産・共（同所）有こそより合理的に法則化された、真の原理なのです。富を人びとに開放せよ。その実体的基礎はただ革命世界あるのみなのです」と言うのでした。

そして哲学ではこう言うのです。「およそ人類の全思考とその所産は、ただ我々によって止揚さるべきものとしてある。常に人類は古い思想の上に新たな思想を、古い思惟の上に新たな人類の思惟を築いてきたからだ。天動説から地動説へ、つまり革命の哲学は、そのように全歴史的哲学の総止揚として築かれねばならない。それは科学も社会学も内包し、人間が歴史的に考えつくしてきたすべての領域の知を止揚し、人類がものを考える一切の論理として、人類史の未来へとつなげる論理学であり、だから世界観でなければならない」などと、まるでお姉さんたちをビックリさせるほど、キリキリと頭を絞りつくせと言うのでした。

けれどもこうした学問が、ほんとうにお姉さんたちの生きた魂のなかでどのように育くまれているかを知るには、ただ、「革命論」と題するフリー・ディスカッションの時間を待てばよいのでした。この時に初めて知識は智恵となり、あらゆる個人的な経験は共有され、解体され、克服され、普遍化され、エキスを自らのものとするお姉さんたちの努力が開始されるのです。

午後の最初の時間、革命事業に動員される前の時間に、毎日この授業を受けます。この時にはすべて自分たちで自主的に討論を進めるのです。きまってお昼休みにグラウンドから目の前に広がる海をながめてくつろぐと、なにやら上気した面持ちで、お姉さんたちは三階の教室に向かってゆくのでしたが、そのほんの数分、廊下を歩く間に、しだいにある種の重圧とでも呼びたいようななにかが心に浸みてきて、内心の論争、葛藤のため、何人かはじっとうつむいたまま興奮に頬を染めて教室に入ってゆくのでした。

教室の入口近くに先生の机を置いておいて、ほかの机をグルリとだ円形に配置して、司会の委員は黒板の前にすわって討議を開始するのですが、もちろん昨日の続きであり、そのため司会の委員は冒頭に議論の総括的な問題点の指摘を行うのです。それを聞きながら、クラスメートの幾人かは、もう挑戦的な眼差しで自分の内部の意見を反芻し、上気した瞳を机の上に投げ出した手の甲に注いでいたり、じっと重い沈黙のなかに自身を浸し始めたりするのでした。

ずっと問題となっていたのは、もちろん自分たちの革命論を築くことだとみんな思っていましたが、特に革命と死の問題、あるいは、ここで話されている錯相した意見をふまえていえば、革命の存在論をめぐる問題、その矛盾の解決にあったのでした。

それは幾度となく、一人ひとりの決意表明によって中断され、再び論議され、一層言い難い情熱の決意表明でまた一歩進展してゆく、そんな、まさしく弁証法的といってもいいような螺旋的進行で、それぞれの信念をかけた論戦の場となっていたのでした。

ちょっとした沈黙の空白の後に、武君が昨日の意見を引っぱり出すように、お姉さんの方を向いて、少し顔を赤らめて、すぐにそのことを恥じたように顔を背けて、ゆっくりと発言し出したのでした。心臓がきっとどきどきしていたのでしょう。

「たとえばだよ、変な例だけど、僕が君を好きだとするよ……」

お姉さんは思わずドキンとして、ポーと顔が熱くなってくるのでした。

昨日の仕返し？　ああ、恥ずかしい。なんで？　お姉さんはそう思います。

武君も、最初にこんなことを言ってしまって、急にまわりの空気が浮き上がったような気がして、思わず自分の言葉の波紋にビックリして口ごもっていましたが、そういうことじゃない、というように頭を振って再び顔を正面に向け、恥じらいを克服するように話し出すのです。

「たとえばだよ。たとえば僕が君を好きだと、仮にそういうふうにした場合なんだ、一体、僕になにができるんだ。君にやさしくすることはもちろんできるけど、君が微笑んでうれしがるようなすてきな贈り物なんて買えやしない……。けれどブルジョワは僕よりずっとくだらない考えで、たわいもなく、小指の先でさ、君がほんとうにビックリするようなプレゼントができるんだ。そいつにはなんの痛手もない。ほんの少しの親切やほんの少しの優しさや好奇心や哀れみや同情や、お小遣いでさ、君が一生感激しちまうようなプレゼントができる。

ドストエフスキーのいやらしさはここなんだ。ぼくは昨日も言ったように、あいつは無垢で美しく貧しい少女に、ちょっとだけ面倒みてやって、そうやってその少女が一生、そのことをまるで神様の恩寵のように慕うのを、ぞくぞくしながら喜び震えて描くんだ。無声映画のチャップリンの『街の灯』だってそうだ。貧しい男の心は真実でも、同じように貧しく街角に立つ花売りの少女が思い抱く憧れは、すでに資本家たちによって僕らから奪われているだろう？　少女の抱く幸せのイメージが、でぶっちょの資本主義が与える豊かさの幻影に絡め取られているからさ。でも、そんなのは違うんだ。そんなものにほんとうの幸せなんてありっこないんだ……。全部ウソだろ。くそ。でも、その少女らしい憧れのなかに実は革命が果たすべき、ほんとうのものが、幸福が、すべてがあるだろう？ほんとうは僕こそ君を何百倍も好きなのかもしれない。なのにその僕はなにもしてやれなくて、ただ体を粉にして地下道の工事現場でいつまでもいつまでも働くしかない。貧しきプロレタリアートはみんなそうじゃないか。きっと今度の誕生日にプレゼントができたらなあって、そしたらどんなに幸せだろうなあって思いながらね。

だからなんだ。人間は男も女も解放されなくっちゃならない。

心の奥まですっかり解放され、ほんとうに自由でなけりゃ、恋だって、みんなウソになるんだ。欺瞞なんだ。お金のために身を売る少女って、つまりは幸福になるために、幸福になろうとして、不幸になっているわけさ。この世に富が偏在している限り、富によって人びとから自由が奪われている限り、人間の魂と魂がほんとうに恋しあうなんて想像するだけで悲劇なんだ。

プロレタリアは恋する女の子に対してすら、自分のかけがえのない魂であるひとりの少女に対してすら、無力で疎外されているんだ」

お姉さんは武君が話している心の奥にある悔しさや優しさというようなことを考えていました。昨日から言い続けてきた武君の心の裡に一体なにがあるのか、どんな絶望と震えるような思いやりがあるのか、そのかすかな予感がお姉さんの胸を打っています。

でも、お姉さんは昨日と同じに、それに向かって答えようとしました。

「違います。違うわ、武君。ほんとうに好きなら、それはプレゼントやお金や、表面的なやさしさで決ったりしない。そう、目を見ればわかるわ。だってほんとうに恋している人の眼差しは、きっとその女の子の胸を打つわ。プレゼントなんかどうでもいい。ほんとうにその人の魂がその女の子を愛しているなら、それはわかるわ。でなけりゃ、女の子なんてまるでみんなバカみたいだもの」

「そうさ。でもほんとうはわかりやしないのさ。ほんとうはみんな、きっとわかるはずだって思いながら、自分の無力と愛にさいなまれているのさ。恋しい人の微笑みのために一体どれだけ人間は頑張れると思う？　ほとんどどんなことでもできるさ。けど、そんな決意さえ、どんなにそう思っても、プロレタリアには最低の生活しか保障されない。だからプロレタリアは自分の愛情がほとばしるたびに、まるで火傷するみたいに愛する者への男らしい責務と決意に身悶えして苦しむんだ。命を投げ出しても一粒のダイヤも買えないけど、ブルジョワジーは毎朝コーヒーを飲むようにして少女の魂を自分のものにしてしまうんだ……」

するとひとりの少年が立ち上りました。

「武、君はあまりに病的で、自虐的で、プロレタリアを卑下しすぎるんだ。プロレタリアはそうじゃないし、もっと力強いし、もっと明るくて、彼らも僕らの恋も、きっとずっとステキで、至るところで成熟している、と思うね」

「違うね、和田君」

武君が冷やかに言い返しました。

「ブルジョワの世界では、人間の魂すら売買されているんだ。最も人間的な感情である愛や恋ですら、夢や希望が私有された世界では、同じように私有され、売買されているんだ」

教室がなんだか動揺しているのです。

「人間はね、彼らの夢や希望の内味が私有されている世界じゃ、結局、魂を売り払って夢や希望や、つまりささやかな自分だけの富を手に入れようとしてしちまうんだ。だからこの世界の幸福は、結局は買われたものなんだ。ほんとうの力強い愛は、愛を疎外された階級にあって、その階級の煩悶のなかにこそあるんだ。もしほんとうに恋しあう男女が一つになれないとしたら、つまりそれは、その世界の残虐な本性をそっくり表明しているということじゃないか」

「でも……じゃあ、どうするんだ、君は」

和田君は武君に言いました。

「だからこの歴史的世界の一切を革命する。夢や希望がすべての人にとって自由であるために自分の命を投げ出しても戦いぬく。ひとりでもほんとうに幸福な人間を生み出すために、僕は何度でも死ぬんだ。僕は地下道で働きながら愛する人たちのために煩悶し続けるプロレタリアートのためにならこんな弱々しい僕の命なんかいつでも投げ出す。僕はね、はっきり言うよ。僕は人民解放軍一派なんだ。僕の頭をぶちわっても、どんなにしても僕は人民解放軍一派なんだ」

みんなはたちまち動揺しました。

「武はセクト主義だ。玉砕主義だ！」

「君は夢想するテロリスト、ロマン主義者だ。革命はそんな愚かな犠牲を必要としない」

「革命は、人民が被っているすべての理不尽な労苦を噛みしめながら、反撃し、一歩一歩成し遂げてゆくものだ。苦しくとも、悲しくとも、力強く戦い続け、一人ひとりを解放してゆく、そういう全人民的なものだ」

こういった叫び声が教室のあちこちから一勢に湧き上ったのでした。

そして、それらの声に対抗して武君が短く「そうさ、だから人民へのあふれる愛が僕ひとりの命なんか投げ出さすのさ」と言い切った時、すかさず三田という長身の青年が立ち上って「君のニヒリズムは理解できても、愛する人民である君に、そんな無駄死にはさせない。これが君の愛する人民の君への愛なんだ」と発言するのでした。

今度は武君も、ただ唇を噛みしめて立ちつくしています。

お姉さんは、熱いなにかが体中に湧き上がるのを感じました。そのためにみるみる瞳がうるんできて胸が大きく鼓動しているのです。そして立ち上がり、「みんなステキよ！みんな連帯するのよ！」と教室中に響きわたるように叫んだ時、「異議ナシ！」という、ほとんど全クラスメートの同意する声が教室中を揺るがしていたのでした。

教室の入口近くに腰掛けていた青年教師が瞳をキラキラさせて言うのです。

「そうだよ、君たち。『世界は君たちのものであり、我々のものであり、だが結局は君たちのものである』のだ」

革命委員会が未来を担う世代である子供たちのために掲げているスローガンでした。

「だから、君らが考えぬき、支えあっていっしょに築き上げることが必要なんだ。ほんとうの人間なら、それらしく雄々しく苦難にのぞみ、それらしい連帯でお互いを全人民的に支えてゆかなくちゃならない。それが革命の偉大さで、革命の魂なんだ」

武君はうつ向いていました。

でもその瞳には苛立つような充血した煩悶がみえています。

「でも、ほんとうは違うんです。そんなんじゃ革命なんていつまでもできやしない。励ましのスローガンでなんて……。革命はもっと残酷な一瞬の決意にかかっているんです。この世界の歴史的な残虐さ、この世界を歴史的に支配している不正、邪悪さからの革命は、ただ最大の一瞬の無慈悲な犯罪によってしか果されないように宿命づけられているんです。ほんとうの革命家はそのことを知っています。その事業の非情なることを知っています。でもそれは革命の責任じゃないんだ。この歴史的世界の責任なんだ。だからその罪を一身に身に受けて、救済の弁証を果す悪への殉教によって、最大の歴史否定者の烙印を捺されながら、彼によって彼以降の世界が開かれるのです。

わたしたちは革命を成し遂げなくてはならない。まだ、その一瞬にまで到達していないんだ。私有と分業を支えるあらゆる制度と権力を破壊しなくてはならない。そのための闘争はいまだ地獄のようなアナーキズムなんです。だけど、その革命の無慈悲な残虐さは世界の歴史的残虐さにほかならないんです。その罪を一身に担って立ち上がる者こそ革命家なんだ。

まるでキリストが人類の一切の罪を十字架上の磔によって贖罪したように。それが革命の偉大さと残虐さの弁証なんです。」

すると詩人と自称する少年が、屈強な体を持ち上げて重々しくクラスメートを一瞥し、威張り返ったような調子で話し出したのです。

「あっは、まるでこれじゃあ喜劇じゃないか君たち。誰も彼もが、僕こそ一番、愛してるんだと言っている。みんな自分の愛の大きさを競いあっている。みんな秘かに自分こそ一番人間を愛してるんだ、という確信を持って、その披瀝を革命という二文字におっかぶせて、革命の真実を毒している」

すばやく武君とお姉さんを見てフンと鼻を鳴らしてから、さらに続けるのです。

「武が人民解放軍一派だなんて、ヘッ、笑わせるし、およそ信じ難いことさ。なぜならこの一派は、誰も武のように口をききはしないからだ。ただ熱く沈黙して自らに実行するだけだ。

武は自分の逡巡を脱しようとして、解放軍派へのシンパシーを人類愛の披瀝で果たそうとしてるにすぎないね。革命は愛の自慢話じゃないぜ。殺すか殺されるかだ。その戦いの事実だけだ。それがかつて存在し、いまも存在する唯一の革命の姿であり、偉大なる革命の真のダイナミズムだ。女を口説き落とすような理論的な止揚なんて、手間をかけるだけで、所詮は、男にわからぬ打算で女はついてゆくように、ただ事実を追認するに終わっている。

ヘッ、存在はいつだって存在にふさわしい形で自らを止揚し、存在らしい姿で敗北に打ちのめされてきただけさ。それですべてウイQui（オッケー）！

広長舌のしかめっ面しい愛も責務もない。己が自身の欲望が己の肉体を突き破って破滅か再生かに賭けるのさ。セ・シ・ボン、これが革命だ！」

すると武君が言いました。

「君の言ってることは革命の自然発生性じゃないか。それは歴史的な事実であっても、その全部じゃないんだ。革命のエネルギーを導いているものは肉ではなく血なんだ。スピリット、犠牲の心なんだ。それが導くんだ。革命の自然発生性と人類全史の克服という革命が担うべき絶大な意味性との谷間を埋める止揚は、ただ犠牲の血によってのみ、その血の生成力、思想性によってのみ、果たされるんだ。僕らを導くのは、きっとそういう血なんだ」

武君の言葉に帯びるどこか重々しさのために詩人はなにも言い返せず、教室にはシーンという静寂がおとずれ、まるで二人の対決の行方をさぐるかのように物音ひとつせず、みんな息をこらしているのです。

「チェッ、つまりは、偉大な人民たち、という定番の路線か！」

詩人が苛立ちげに叫んだのでした。

「そうさ、真に革命を担っている人びとは、いつだって街の灯のチャップリンのように魂を血へどのように吐いている人民なんだ」

武君が待っていたように、言い返します。

「お涙ちょうだいの、理想主義者め！」

詩人がすぐさま憤怒を込めて言い放ちます。

再び立ち上がって「人民の詩人にしては、君はやくざな思想なんだ」と言った武君の発言にドッと教室中が湧いたのでした。

「……だが、俺は誤ってはいない。愛してます、愛しています、の告白ぜめなんて、もう革命の女神は聞きあきたんだ」

詩人の言葉に一瞬の裡に再びみんなは真剣な眼差しをして、自身の内部に視線を注ぎ、じっとこれから語られるべき言葉を探しているふうなのでした。

開け放った窓からは夏の日がさんさんと降り注ぎ、教室中の少年や少女たちの頬をバラ色にほてらせながら、そよかに吹き込む風が円形に並べた机のあちこちで女の子たちの髪を心持ちなびかせているのです。ああ、まるでこの砂丘の校舎は浮き立つような海の風によって涼しげに包まれているのです。こんな日、みんなは心の底にまでその風が吹いたように解放された気分になるのです。それはこんな海辺の校舎でほんとうに心から自分の思いを十分に語り得る時間を持つことがなかった人たちには誰にも理解し難いことだったでしょう。けれど、ふと感ずるそんなすがすがしいやさしさをまるで裏切るように討論は進行してゆくのです。

髪を三つ編みにした少女が立ち上りました。みんなの頭上を駆け抜けるように司会の委員の机がある黒板に向かって発言します。

「みんなもういいわ。革命の論理は、まだ成長してゆくものだわ。わたしたちの革命の進展とともに成長してゆくものだわ。だからその人の気持が理解できたら、今度は成し遂げられつつある革命に、わたしたちになにができるか、革命の内部でわたしたちに一体なにができるか、に話しを進めるべきだわ」

　するとすぐ別な少年が「そうだと思います。革命の課題をどう果たすか、そして僕ら一人ひとりの個性や、人間的な可能性が革命のどこで、どのようにはばたくか、それが一方の革命本質論なんだと思います」と言うのでした。

　今度はお姉さんが立ち上って言いました。

「先週の星空のコンサートでもそうでした。その問題があります。いまは過渡期でしょう。革命戦争という戦いの最中でしょう。でも人間は生まれつき兵士じゃないのです。そんな人は誰ひとりとしていないんです。だから、一人ひとりの可能性と、革命という情況が強いる兵士とのかけはしの論理が大切といえるわ」

「それは大切さ。しかし問題は依然として同じ所にある」

　武君がお姉さんに続いて発言したのです。

「つまりは情況の存在論的止揚なんだからさ。一個の人間の価値を情況論へとどう止揚するか、だね。つまり人間は状況的にしか生きられないけど、そういう存在である人間の固有の価値や意味とはなにか、そういう、あり得べき人間の在り方への状況からの止揚なんだからさ。革命のなかでは兵士は命を投げ出す一個の消耗品にすぎないようだけど、そうじゃなくて、あらゆる意味で彼は最高に人間的なのさ。なぜって彼は革命に参加しているからだよ。革命という歴史的な使命、類的な意味を担う一個の存在として確固として歴史のなかに存在するからだよ。そのとき、彼の実存の全部が意味を持ったひとつ思想となる」

先程の詩人がまた発言するのです。

「そうだよ、武、そのパトス（情熱）だけが存在する真の革命の姿だ。革命のエートスだ。人びとのために己を投げ出す？　フッ、いったい俺とどこが違うんだ」

すると、もうたまらないといったふうに腹立しげに髪をみつあみにした少女がまた立ち上ったのでした。

「違うんです。そういう抽象的な論理のことじゃないと思うの、わたし！　わたしが昨日からずっと言ってきたのはそうじゃないんじゃないの？　具体的な革命の世界のこと。兵士が革命の世界じゃないわ。父や母や子供たち、つまり、革命の坩堝のなかにだって生活があります。成長してゆく子供たちや老いてゆく人たちがいるわ。そしてわたしたちは次の世代として準備しつつあるわけだもの。わたしたちの任務はこれからよ。それは兵士かもしれないし、お医者様かもしれない。音楽家かも、労働者かも、農民かもしれない。

そういうことよ。そういう一人ひとりの具体的な希望と、革命の希望とがもつ問題のことです」

　お姉さんがすぐ後に続いて発言しました。

「そうよ、その通りだわ。解放区のなかの生活というだけの意味じゃなくて、歴史的時間に於けるあたしたち一人ひとりの時間の問題だわ。人間は生きている時代や歴史に制約されるけれど、一個の命として時代を乗り越えなくてはならないわ。その時にこそ新しい世代として、あたしたちの意味が浮上するわ」

　武君が言いました。

「しかし僕らの希望とは一体なんだろう。一人ひとりの希望って一体どんなイメージに託されているんだろう。生命は果してア・プリオリに希望を内包しているのだろうか。希望と党派性とはどうなんだろう。つまり究極において党が求める任務と一人ひとりの希望とはどう止揚されなくてはならないのだろうか？」

　なんて難しい理屈なのでしょう。でも、みんなは夢中です。頭のなかは発熱して、言葉が海流の渦から魚のように飛び出してくるのです。

「もちろんよ。現に任務はあるわ、そして希望もあるの。その止揚はいつだって相対的なもので、絶対的止揚なんてないと思うの。だって、革命のさなかにだって恋はあるし、夢だってあるわ、まるで映画のようにね。……だから世界はいつだって情況のなかに孕まれているけれど、あたしたちの希望はそれを突き抜けていくものだわ。

党とか、前衛党とか、過渡的のものでしょ。そういうものを突き抜けたところに希望はあるわ。それは真っ暗な宇宙に浮かぶ水の惑星に生まれた命というあたしたちの、無限の無と有の、存在の謎の谷間を駆け抜ける火の鳥のようなものだわ。ただ単に誰もが望む希望でも党や時代が強いる任務でもなくて、同時にそういうもの全部で、しかもすべてを乗り越えていて、すごく人間的なもの。そう、それこそが一人ひとりの心のなかにある希望という言葉にふさわしい、生命の絶対的な感情なのだわ」

お姉さんがうわずって発言したのでした。

もうみんなの顔は熱くなってしまい、けっこう疲れて、汗ばんだ胸のホックを外す少女やシャツの袖を肩までまくり上げる少年たちがガサガサと音をたてていましたが、それでも発言者の意見に体中で耳を傾け、なおもバラ色に輝く頬で考え続けるのでした。

「もちろん、武君が言いたいように、あたしたちの希望の内味には、いわゆるブルジョワ的な要素はあるわ。だってたとえ言葉だけとしても、彼らこそが歴史上初めて、人類の前に人間的な幸福とか、人生の豊かさとかいうものを提示してみせた階級だもの。だから結局、武君が言うように、そういうものに引きずられて、そういうものへの憧れや幻影を抱いたまま革命に巻き込まれてゆくわ。だからそういうものを振り捨てて戦闘に参加しなくてはならないっていう、そのことに身もだえして苦しむってことは、たくさんの人に起きることだわ。

でも、その矛盾は出来得る限り、止揚しなくてはなりません。論理としてはそうなるに違いないの。でもそれは簡単じゃない！　でも、人間の意志みたいなものできっと果たされます。任務と希望を支え、止揚するのは、そういう、その人の強い意志、倫理みたいなものだわ。公正さや正義への強い憤りだって立派にその人を革命のなかへその身を投げ出させるわ。

ひとりの兵士であるってことは歴史的にしか生きられない人間にとって、ひとつの残念な歴史的現実の姿かもしれない。でも、それは人間が兵士なのであって、兵士が人間なのじゃない。そこには引き裂くような悲しみがあって、それを乗り越える人間の、自分と歴史に対する強い意志があるわ。そう！　それが救い。そういう意志だけが永遠よ。あらゆる理不尽に立ち向う意志だけが永遠に生き続け、引継がれてゆくものだわ。

けれどそこには、ずっと消えずに一人ひとりの希望は灯っているの。最後の瞬間までその希望を引きずって人は生きるんだわ。その美しさにあたしは敬礼します。だからそれは最後まで悩み、葛藤し、そしてみんなで一人ひとりの任務を決めてゆくようにあるべきだわ。

そしてひとりが離れたら、もうひとりがその部所につくの。お医者さんだって、看護婦さんだって、最後には銃を持って立ち向うの。それが人民みんなで戦う革命戦争の姿なんだって思います。そこには人間であることのあらゆる可能性、価値、切実な思いが現出するわ。それまでは、お医者さんは人民の命のために医療技術を高め、自分たちの革命医療の向上のためにたくさんの医者と人民のための制度を創り出してゆくわ。けれど最後の場面が来たら、お医者さんも銃撃戦のなかで倒れてしまうの。立派なひとりの兵士として死ぬのよ。そのことを、その全責任は、いっしょに立ち上ったすべての人民一人ひとりが自分の命にかけて負うものだわ。

人民だけが人民の死に対する哀悼と決議を下し得るのです。

それはそこに生きた人間たちにしか全部がわからないような高揚した場面よ。武君が肉弾戦で死んだのか、あー、あいつは哲学者になりたかったんだとか、三田が子供をかばって機関銃を撃ち続けたのか、あいつは技術者で、農業用トラクターを一生懸命設計していたっけとか、そういうものが革命よ。けれどそこには、そういう一人ひとりの潰えた希望に対する悲しみがあって、それでもそれを振り捨てて戦った人たちの意志への心からの支持があるの。

それが人民の歴史。一人ひとりが人間であったことの証しだわ。

あたしたちは、だから一生懸命、自分の希望のために生き、その希望に支えられる人民のために生きなければならないの。希望を果たすことで立派に人民の科学者としての任務をなし遂げると同時に、ただの兵士となって一千発の銃弾を発射し続けて人民を支えぬくことだってある。そういうことはみんな、情況が求めることだけど、そういうものを受け入れるということは、自分のなかのもっとも人間的なものに支えられ、人間であることのもっとも美しく本質的な決意としてなされるのだわ。歴史的な時間と個人の時間はこのとき、一個の命のなかで止揚されるわ。決して兵士に飛躍することだけでは果たされない、自分の希望にしがみつくことだけでも果たされない、そのときの全可能性、全希望を賭けてしか果されないようなものなの。

あたしたちは悲しみと力強い決断の渦中で初めて、いままでにない雄々しき人間になれるわ。新しい人間になることができるわ。そうだわ、きっとそれこそがほんとうの革命的人間なんだ、そうなんだわ」

お姉さんがまるで天啓を受けたように限りない愛情と決意を込めてクラスメートに向かって発言し続けた時、論理は初めて力強い一個の肉体と意志を得たように生き生きと輝き、少年や少女たちの心のなかへ浸みてゆき、一人ひとりを力づけ、その魂を揺り動かしたのでした。

武君も、三田君も、みつあみの少女も、青年教師も、すべての少年少女たちがお姉さんのほてった頬や潤んで輝く瞳や高鳴る胸を焦れるように見つめ、発言し終って真赤になってうつむいたお姉さんの、唇を強く噛みしめた横顔や目尻がうっすら滲んでくる瞳、髪が窓からの風にほのかになびくのを呆然として見ているのです。

「そうだよ。君の言うとおりだよ。己を捨てて革命に殉じる。僕らは悲しみでいっぱいだけれど、希望もいっぱいなんだ」

武君が感激を込めて発言するのでした。

「そうさ、きっとそうだよ。悲しみが増せば増すほど、僕らの情熱はより一層、高まってゆくんだ。どんなに悲惨さがこの解放区に満ちようと、そうであればあるほど一層、力強い意志と希望が人びとの魂を導くんだ」

その時でした。いままでずっと黙っていたほっそりとした理知的な髪の長い少女が前髪をかきあげるようにして、「でも……」と発言したのです。

「でも武君、あたしには憎しみがあるんです。あたしは心のなかの憎しみをじっと堪えているんです。人間的に死ぬことがどんなに立派でも、だっていままで武君たちが話していたことはそういうことでしょう。あたしにはそのことが、とてもがまんができません」

そう言ってキラリと輝く瞳を武君の方に向け、その女の子は話し続けるのです。

「あたしの母は、みんな知っているでしょう？　殺されたんです。あたしの父はあの報復の夜、あたしやみんなと散り散りになったまま行方がわからないんです。この解放区の人たちはみんな立派な人たちだわ。でも、なぜ、憎むと、ひと言も言わないのでしょう。あたしは彼らを許さない。あたしからすべてを奪った彼らを決して許さない。あたしは憎むの。彼らを憎むわ。あたしは自分の憎しみの正しさを信じて、憎むから戦うわ。あたしには希望なんてありません。……でも、時々こう思うの。彼らにだって奥さんやお嬢さんがいて、彼らの身を案じているんだろうなって。彼らがあたしの父も母も奪ったのに変でしょう。でもあたしは、彼らの妻子のことを考えるとよけいに自分でも恐くなるほど残酷な気持ちになるの。あたしのようになればいい、あなたたちだけが幸福でいるなんて許せない、あなたの夫や息子がなしたと同じことをあなたたちの身に受けるがいい、ってね。革命は、ねえ武君、革命はこんなあたしをどうするんでしょう。もうウソは嫌よ。夢みたいな希望も聞きたくない。きっと革命だって苦しいに違いないわよね、でもあたしほどには苦しくはないと思うの……」

武君が、ゆっくりと促されるように考え考え立ち上りました。教室中はしーんとしていて、武君の椅子の音だけがガタッと響いたのでした。

「そう、憎しみってね……わかるんだ君のこと、彼らと彼らの家族のこと、幾重にも重なった憎しみがね、きっと憎んじゃいけないっていう、その苦しみが憎しみとなって君の体中を湧き立つんだろうね。でも、僕は、僕個人は、それを許すんだ。仕方がないんだもの。いつか僕の意志が彼らの子供や奥さんたちのなかによみがえるのを待つだけさ。もし僕が殺されたとしても、そのことが彼らを革命することを信じている。犯した罪がかけがえのないものなら、その贖罪もきっとかけがえのないものになるはずだってね。

だから、僕は抵抗するよ。殺されるのは嫌だって叫ぶよ。ただ、最後はね、きっと彼らを変えさせる力を持つのは、ただ立派な人間たちの死の姿だけだと思うんだ。

だから悲しいけれど、無慈悲に戦い抜いて、彼らの頭上で彼らを支配している権力を彼らの犠牲によって打ち叩くか、僕らが犠牲となって、彼らに自分のなしていること、彼らを強いている組織や権力への、反逆を指し示すことしかない。悲劇だよね。銃口を政府に向けよ！　憎しみも立派な道さ。僕の末路もそれなりの道なんだ。だけど、弱気はだめなんだ。悦子さんが言ったように力の限り最後まで煩悶しながら雄々しく戦い抜くことなんだ」

「悦子さん」と武君に自分の名を言われ、お姉さんはびっくりして、なんだか微笑んでしまいそうになる自分を押さえようと、恥ずかしげに唇をキッと結んで机に視線を落としてしまいました。

クラスメートのなかには教室の天井を眺めて脳天気を装うものもいました。

もう誰も発言しようとしないのです。

青年教師は少し苛立ったように腕と脚を組んで床を見つめているのです。

先程の詩人が、「チェッ」と舌打ちして、椅子をゴトッと大きな音をさせて揺すりました。

「チェッ、君たちよぉ、世界が残酷だってことなんか始めからわかってるんだ。だからぁ、革命するんじゃないか」
そう独り言のように叫びました。

2　高原の訓練キャンプ

高等部の校舎の前に、二十数台もの軍用トラックが次々にやってきました。先頭のトラックには楽隊が乗っていて、ラッパを吹きながらトラックが勢いよくカーブしてザザザッーとブレーキをかけると、楽器をガチャガチャいわせて満員の笑声をあげるのです。次々とトラックが到着しました。各トラックには五人ほどの赤軍兵士が乗っています。武器を積んだジープが六台ばかり、すでに着いていました。もう校庭中にあふれている高等部全学生約一千名は、クラスごとの隊旗を中心に整列を始め、喧噪と号令がゆきかい、次々と学生たちが乗り込んだトラックが三方向に向かって進発してゆくのでした。

エンジンの爆音や薄紫色の煙が至るところで湧き上り、それを飲みつくすほど学生たちがワイワイ言って、グラウンドの土煙の渦のなかを砂をけるタイヤやそれぞれのトラックに分乗した楽隊の吹奏や幾本もの旗が砂塵のまいあがる騒然たる活気のなかにはためくのでした。

それぞれのコースの先頭のトラックに楽器を積み上げたり、重い弾薬箱を持ち上げてトラックに移し載せたり。そして荷台によじのぼってもう動き出す前からドンドン、トテテトと楽隊が元気のいい演奏を始めているのです。それはもうまるで砂塵のもうもうたる景色で、その間中、銃器やベレー帽や軍服姿の赤軍兵士や、左腕の赤い腕章が点景のように校庭に映えるのでした。

お姉さんたちのクラスもいよいよ出発です。イッヤッホー、オーッと上機嫌に叫んで興奮した少年たちの笑顔を引っさらうように車体を傾けて砂をけったトラックは、次々とスピードを上げて市中の中央街路に向かって車列をなして坂を降りてゆきます。

トラックから身を乗り出して人びとに手を振る少年や、歌い出すグループ、少年少女たちに混じって荷台の端に乗る赤軍兵士はりりしく街路で見送る人びとに応えています。

少女たちといえば、まるで彼女たちはウキウキとして髪を後ろに束ねたり、子供たちを見つけるや歓声を上げて力いっぱい手を振り、子供たちの姿が見えなくなるまで背のびして抱きあったり、お互いに笑いかけているのです。

トラックのなかには重い自動小銃を肩に掛けて本を読んでいる少年もいます。きっと彼は頼もしいその自動小銃が気に入っているのでしょう。

まるで解放されたような少年少女たちの意気盛んな喜びが怒濤のように明るく輝き放って勢いよく街路を駆けてゆくのです。かなりのスピードを維持してゆくトラックの列は、それだけで少年や少女たちの心を幾分緊張させ、その張りつめた思いがまるで可愛らしいあどけなさで満面の笑みとなって、街路を行き過ぎる人びとへ惜しげもなく注がれてゆくのでした。

少年たちも少女たちも、もう瞳がキラキラ輝いていて、夏の太陽に照らされて頬はほてって汗さえ流して、交差点では腕を伸ばして街路樹の葉をちぎって口に噛んだり、揺れながら水筒の水を口からこぼしてしてしまい、それはもう笑いと歓声と歌声と輝くばかりの若々しさで熱狂しているのです。なかには有頂天の少年がいて、手を振る人びとに「かっくめい、万歳！」と大声で叫んで両手で銃をかざし、あっはははと大笑いするのでした。

中央街路を行き交う車は何台もクラクションを鳴らしてトラックの少年少女たちを祝福して通り過ぎてゆきます。信号で止っていると、車窓から身を乗り出してVサインを示して笑っているおじさんたちがいっぱいいて、街路を渡ってゆくおばさんたちは何人も、レモンやリンゴを荷台に投げいれて「がんばるのよ、あんたたち」と励ましてゆきます。少年たちは「ウォー！」と言ったり、「おばさん、俺、最高！」とか「ステキー！」とか叫び返します。

街の通りには両脇にポールが立てられ、赤い三角旗が一〇メートルおきにはためいています。革命委員会のビルや広い辻の曲り角には、大きな文字で「人民こそが世界の主役である」とか、「自由と愛と革命のために」とか、「人民は革命的愛情をもってすべての人民を解放しなければならない」などといったスローガンが、生きているもののように赤いペンキで書かれているのでした。

お姉さんたちのトラックのなかでも、少し沈みがちな少年や少女もいましたが、やがて街中に出た解放感が伝播し、若々しい熱狂に駆られ、互いに愛情に満ちた悪口を言いあったり、子犬のようにじゃれてみたり、指で突っつきあったり、くすぐりあったりして、横でニヤニヤしながら弟や妹を見るように「しょうがねえなあ」という表情の赤軍兵士にまで身を寄せて迫り、年長者へのあこがれの表明であるかのように、からかいじめるのです。

車はどんどん街路を突き進み、大きな川の橋の上をゴーッと通過し、その橋の欄干にはためく赤旗をちぎるように右に折れると、少年や少女たちの歓声とともに市の南方に向かって、水田と林の道へくねりながら、砂塵をあげてなおも進行してゆくのでした。

車が揺れる度に少年や少女たちは互いに体をぶっつけあい、ふざけあいが始まり、先頭の車の楽隊にあわせた労働歌が、グワァーン、ダワァーンとうなりのように波打ってゆくのです。

ガタンと車が石を踏みつけたりすると、歌声までガタンになってしまい、すぐに顔を見合わせた含み笑いになって、調子外れのにわかな輪唱となって高揚した歌声が響きわたってゆくのでした。

旧街道の松並木を、遠くまで遠近法で続く美しい道を、軍用トラックの車列が少年や少女を満載して疾駆するのです。真白な夏雲がムクムクと紺碧の空に湧き、正面の焦茶色の山脈がしだいに近づいてくるのでした。

およそ三時間で水田地帯を突っ切って走る旧街道を登って、この広い扇状地を縁取る赤茶けた火山山脈の中腹に到着したのでした。山陰に設営された野営の訓練キャンプ地には赤軍の後方部隊と教育部隊が駐屯していました。号令とともにバラバラとトラックから駆け降りた少年少女たちは、すぐに整列を始め、部隊司令官の説明を受けるや、休息をかねて夕暮の迫る丘の上で赤軍兵士との交流がもたれたのでした。

お姉さんのクラスのみんなが十五人ほどの二十代の若い兵士たちを囲んで輪になってい

ます。ウエーブのかかった長髪で顔をかくすようにうつむいている顔の青白い青年や、日に焼けた赤ら顔で熱情的に少年や少女たちに語りかける兵士。なんだか熱帯のジャングルで移動を繰り返すゲリラ兵士みたいなのです。

そのなかの一人が、ほとんど独り言のような恰好で「理想主義とはなにか」を夢物語のように甘く語りかけるのでした。

「ねえ君たち、我々のことを理想主義者だと刻印して嘲笑するのは誤っているんだよ。つまりね、詰まるところ、誰だってみんな理想主義者にきまっているんだからね。マイホーム主義とかね、ほらあの珍奇な流行語があったっけ。誰もがね、生きようと思ったら、その生きようとするなにかへの理想主義者になるんだよ。子供たちへの夢とかね、ゆったりとした安らぎに満ちた家庭とかね、美しいお嫁さんとの生活とか、あふれるほどの食べ物の大盤振る舞いとかね、つまり、形而下も、形而上もなくてね、理念とか、純粋な理念がなくてもね、理念化するというか、あらゆるものが理想主義的に物象化されて、それが人びとを導いていているんだよ。現実的じゃないってことだってね、願望とは本来的に現実のものじゃなく未来のものだからね、つまり崇高な理想主義も、食べ物への理想主義もね、同じなんだよ。つまり理想主義ってのは、いまの僕らの全部の願望で、いわゆる原理主義とはまったく違うんだ。理想主義ってのは、人間が生きようとした時にね、すべての生きようとする意志がとる普遍的な形式なんだ」

その兵士はそう言ってみんなをじっと見つめるのです。

お姉さんはなんだか困ったようなまなざしで微笑していて、すぐそばに腰を下ろしている武君は自分のことのように、なぜか真赤になっているのでした。

そのとき車座になっている幾つものグループの間を、少年少女たちを出迎えてくれた先程の司令官が緊張した面持ちで順番に回ってくるのです。

近づいてくると大声で、はっきりと宣言口調で司令官が言うのです。

「君たちに報告する。本日、革命委員会に人民解放軍派が正式に参加した。彼らは我々とともに革命の全責任を負う決意を表明し、勝利への決意文を読み上げた」

とたんに動揺があちこちのグループから湧き上がりました。

武君は真青になって震えているのです。例の詩人はそんな武君を軽蔑したように一瞥し、地面に向かってなにかしきりに小言を口走っているのです。

すると理想主義の話しをした兵士が、まるで少年のように幼く見える微笑をして、ポケットから赤と黒の腕章を取り出し、「僕はキリストを信ずる。だから革命を信ずる」と言ったのです。

少年や少女たちは呆然としてその兵士を見つめました。

あちこちから何人かの赤と黒の腕章をした兵士が立ち上がりました。

互いに遠くから微笑みあっています。そしてなにかしら神秘な感動に突き動かされたかのように胸の前に両手をよせて拍手を始めたのでした。

丘の上に散開していた少年や少女たち、各赤軍部隊の全員がゆっくりと立ち上がり、少しずつ、そして最後には圧倒的な拍手が湧き起ったのです。人民解放軍派の兵士を中心にして、やがて歓声と口笛が地鳴りのように高まり、木霊して、少年や少女たち、兵士も、なにかが動きつつある予感のために、それがなにをもたらすのか一種の恐れを帯びた空白感に微妙に堪えながら、ただ圧倒的な拍手が丘のすべての斜面と後方のキャンプ地に響き続けるのでした。

たちまちにスケジュールは変更され、野外食堂での記念の夕食会が組まれ、お姉さんたちの後に到着した後続の少年少女たちを加え、およそ二千名が、三ヵ所ほどの野外の食堂を囲み、解放軍派の兵士たちをキャンプファイヤーの赤々とした輝きで囲み、あちこちから労働歌が聞こえ、どっと歓声とともに湧き起る拍手がして、それらが丘に木霊し、そのうち楽隊のマーチや輪になったダンスの影が夜のとばりに包まれた高原を彩り始めるのでした。

そして食事を終えて、あー疲れた、というころ、草原にしゃがんだ三百名ほどの少年少女たちを前にして司令官が、ほとんどのっけから感動にむせぶような口調で演説を始めたのでした。

「君たち！　わたしは君たちにぜひ聞いてもらいたいことがある。革命の最初の年の防衛戦のこと……、そう、あのことをぜひ、今日この日、君たちに話しておきたい」

彼はしばらく沈黙しました。体の大きな、まったく見上げるほどの体格で、きっと暑くて仕方がなくて胸をはだけて立っているのです。食堂の脇の地面に置いた小さな台の両端に両手をついて、体を前に倒すようにして語り始めるのでした。

「わたしは当時、君たちよりもう少し成長した青年部隊の指揮をとっていた。もう七年も昔のことだ。その時、わたしは二十歳くらいの女学生の部隊とともに孤立しながら、この丘と同じ山脈の丘で、侵攻してくる政府軍を前に信じられないほど無力な防衛線を死守していた。わたしは、もうだめだ、最後だと悟った。なのにわたしは全員に立ち上って突撃を命じた。なぜだかわからない。二百人ほどの女子学生は疲労困窮の状態だったが、彼女たちは忠実に命令を遂行しようと塹壕からゆっくりと、しかし一斉に飛び出した。銃弾がヒュンヒュン風を切って、地面に跳ね、無慈悲に我々の決意の上を侮蔑していった。わたしの命令のために立ち上った彼女たちはまるで崩れるように倒れて死んでいった。ふらふらになった少女は自分からころんでこめかみからが血を流して死んでいった。

前進！　わたしの命令は彼女たちの内部へ鋼鉄のくさびのように突き刺さる。最前段の塹壕にいた少女は、自分の両側に進んでいた髪の長い愛らしい友達が声もなく倒れてゆくのを、沈黙した無音の映像がかたわらを流れていくように感じているようだった。

彼女たちは重い銃を二、三発発射しただけで、涙を流しながら、ただ前に向かって、まるで吹雪のなかを歩いているような無力な亡霊にすぎなかった。わたしは驚がくに打たれた。そのときわたしは彼女たちの無言の突撃のあまりの絶望的な姿に夢でもみている気分になった。彼女たちは泣いていた。中腰で銃を発射する度に、その衝撃が、彼女たちのほっそりとした肩やうなじをガクッガクッと震わせた。耳たぶが鮮血とともに飛び散った。頬を赤黒くドロリと血に染めて汚れたまま丘の上にうずくまってゆく。太ももから血を流しながら、歯を噛いしばって射撃する少女。体中が恐怖に駆られて気狂いのようにカタカタ震えてしゃがんだままの惚けた少女。前進の途中で失神し、その失神した背中から血がベットリとあふれ出てくる光景……。

おお、わたしは、絶叫した。体中の全部の力が、『伏せ！』のひと言のために失せてゆくほど狂ったように叫んだ。百五十人ほどが、パタパタと丘に伏せた。そのまま後退を命じた。塹壕に舞い戻ってからわたしは、掻きむしられるような悔恨に襲われた。あまりに無謀だったことに気がついたからだ。が、そのとき、銃声が遠のいた。敵はさらに攻撃を続けるべきか躊躇していた。累々と丘の地面に横たわっているのは少女たちだということに気づいたからだ。彼女たちはその間も塹壕に身を埋めて照準を前方の起伏する丘の縁に向けてじっと構えていた。あたりは静寂が支配した。するとそこかしこから、ひきしぼるような忍び泣きがたちのぼり、キルキル……ウウウと、言い難いうめき声が泣いている少女たちの噛みしめられた唇から洩れてきたのだ。わたしは堪え切れず、地の底から泣いているようなその声に向かって点呼を求めた。斎藤！　宮川！　大声で呼んだ。二、三人ごとに「はい！」という、澄んだ、思いつめた激しい返事が返ってくる。この時、ええ？君たち！　わたしはこの時、彼女たちの返事を聞きながら恐ろしいほど気が狂いそうだった。いたいけな少女じゃないか。恋人のうわさに胸をわくわくさせて頬を紅潮していた少女たちじゃないか。「はい！」と鋭い返事を返してくる……。その彼女たちの立派さのためにわたしも泣きそうになっていた。再び、政府軍がゆっくりと進撃を開始した。ゆっくりと丘の頂を越えてカーキ色の重武装の兵士が水牛の群れのように波打って押し寄せてくる。

彼女たちは撃った。とめどもなく射撃した。敵は野獣のように怒り狂って迫ってくる。筋肉がいうことを聞かずに痙攣し、恐怖で自動的に震え、それを制しつつ引金を引き続けた。最前列の塹壕で敵兵の胸ぐらに突っかかっていって殴り飛ばされた少女。うつろな目をして、失神したまま涙と血に濡れて横たわっている少女。わたしは右塹壕の唯一の重機関銃座に駆け込んだ。わたしの肩にぶつかるように倒れてくる少女がいた。死につつある少女の髪がわたしの首に重くたれて巻きついた。わたしはその少女の死体を押しのけて銃座にすわった。すぐ横でひとりの少女が、目を開けてわたしを見ているような、眠っているような、まばたきひとつ、眉ひとつ動かさずに、白い、子供のような瞳で横たわっていた。その一瞬の言い難い印象。

なぜ政府軍に投降しなかったかって？　革命はただその犠牲によって永遠であるからだよ。

わたしは撃った。撃ち続けた。まるで入り乱れた白兵戦だった。少女たちは崩れるように組み敷かれ、あまりにもろく死んでいった。だが持ちこたえたのだ。救援に駆けつけた赤軍がわたしたちの横を歓声を上げながら突撃していった。少女たちは立ち上れなくて、うずくまって、わないているだけだった。もう声も出ない慟哭が彼女たちの全部を気違いのようにさせた。涙を流して笑っている少女もいたよ。でも塹壕のなかに残っていたのは放心したようにきれいな涙を流してうつぶせている姿ばかり！」

突然、絶句したのです。その沈黙は恐ろしいくらい緊張感で丘に垂れ込めるのです。しばらくして感に堪えないふうに彼は体を震わせ、充血したまなざしで少年少女たちをみつめたのです。のどがグビッ、グビッと震えていて、つばを飲み込もうとして押し上げてくる感情のために顔中の筋肉を引きつらせ、ほとんど激情に駆られたようになって、正面を向いて叫んだのでした。

「おい君たち！　彼女たちこそが革命のヒーロー（英雄）なのだ。そうだ！　彼女たちの、彼女たちこそがヒーローなのだ。なぜだかわかるかい？　ええ？　なぜ、彼女たちがヒーローなのか？　おい君たち！　彼女たちはねえ、力もない華奢で弱々しい少女の肉体で、失神したり、泥と血に汚れてただ泣いて銃を撃ち続けたのだがね、彼女たちはひとりとして逃げださなかったのだぞ。ほとんどひとりの敵も殺せなくて、自分から死んでいった少女たちはいっぱいいたよ。けれどね、その彼女たちの、あの泣きながら恐怖と怒りに、使命感に、友情に、生死を賭けて気違いのようになっていたとき、手も足も震えて動かないという時、ああ、彼女たちの魂は革命のもとにあったのだからな！　彼女たちは革命のもとにあったのだぞ！　失神して、うづくまりながら、それでも痙攣する指で弾をこめようとし、引金を引こうとして、その全部がね、彼女たちの全部の力がだね、泣きながら革命に注がれていたのだからねえ！」

彼はそう、吐くように言って顔をクシャクシャにし、のけぞるように顔を上げて夜空を見上げました。キラリと鈍く輝くものが彼の瞳にあふれたのです。

再び台上に両手を広げ、決意したように身を乗り出して言うのでした。

「君たち！　革命はね、いつも、こうして、かけがえのないものの犠牲によって完遂されているのだ。だから我々はね。その責務に堪え得なければならない。近所の八百屋で夕食の買物をしている人のいいおばさんたちのあっという間に惨殺された姿や、小さい子の手を引いた少女たちの死の重さをだね、我々の革命が果して贖い得るか！　ええ？　君たち！　これが我々の革命のね、一切の価値を試練しているのだぞ！　君たち若い人たちはね、どうか、この事実のなかに生存しているということ、この全世界人民が負うている責務のためにね、どうか立派な革命兵士となってもらいたい。ああ、わたしは、わたしは、革命が孕んできたすべてのかけがえのないものの犠牲の名において、君たちに懇願する！」

それは圧倒的なものでした。言い終えた司令官はしばらく身じろぎもせず、台の前にじっとうなだれているのです。それはまるで恐ろしげな重圧のようで、革命という二文字が夜の闇のなかに立ち上がり、すべての少年少女の上に冷気のように泌みてゆくかであったのです。

第三章　おじいさんの告白

1　おじいさんとの再会

集会が終ると生徒たちはテントに入ったり、近くの森へ、さらにロマンチックな夜の散歩にゆきました。お姉さんは淡い感動に促されて、あちこちで語りあっている少年少女たちの輪を避けて、誰もいない草地の上にひとり腰を下ろして物思いにふけるのでした。するとなぜだか涙が知らずあふれてきて肩を震わせて泣いてしまうのです。しばらくそうして泣いていたお姉さんは、泣きはらした後の放心でふと近くの暗がりに視線を移しました。そのとき、お姉さんの気配をさっして立ち上ろうとする人影がありました。

その人の顔を見ようとすると、その人は驚いたように目を大きく開けて、闇のなかでいまにも声を出しそうに口をあけたのです。でも、お姉さんがすかさず、アッと小さく叫んで

「おじいさんでしょ、あの公園のおじいさんじゃない?」と言うと、

その人影がうなずいて傍らにやってきて、

「おやおや、お嬢さん、ここで会うとは思いもよらんかったよ」と親しげに声をかけるのでした。どうしておじいさんがここにいるの？　とは思いましたが、それよりもお姉さんは無性におじいさんと話しがしたくてたまらなくなりました。

泣いていた横顔を見られないように、おじいさんに正面から眼差しを向けて、さっきからずっと胸が苦しくなるくらい自分を浸している想いを打ち開けたのでした。

「ねえ、おじいさん、あたし、なんだか解らなくなったの。なんなのかなあ、革命って不思議なもののように思えるの。さっきの司令官の話し、聞いていたでしょ、兵士たちもみんな横で聞いていたわ。あの話に出てくる女子学生たちのことだって、あの子たちの心のなかには、革命だけじゃなくて、なにかもっと別なものがあるような気がする。けれどそれがなんなのか解らないし、それに革命委員会は『革命は人類の弁証だ』なんてよく言うけれど、それがなぜ、なにを弁証することになるのか、なにかいろんな人たちがいろんなふうに想いを寄せていて、それが重なりあっていて、それがなにか、よく解らないの」

おじいさんは、ふむふむと聞いていましたが、お姉さんのたどたどしい言い方にちょっと微笑んで、少し間を置いてから言うのでした。

「いやいや、お嬢さん、こんなことを言ったら誤解されるかもしれんがね、革命はじゃね、革命は一人ひとりの胸のなかにしかないんじゃよ」

「えっ」

お姉さんはびっくりして、思わず怪訝な表情になって、「それは反動なの？　それとも違うの？　人民解放軍派だってそんなこと言わないわ」と言うのです。

おじいさんは微笑していました。

「それは、多分、まだ、この共和国のなかにもないんじゃな。でもこうして一人ひとりの胸のなかにふくらんでいるもの、それがほんとうの革命なんじゃよ。いいかね、人間にはじゃね、それぞれの人生を支えている想いというものがあってじゃね、それはその人間の一番の大切な、ほんとうのものを抱いているんじゃよ。その想いがじゃね、革命という二文字に背負われて、いくつもの革命という希望となって、いろんな革命家の額の上に輝いていているんじゃ。わしは七十歳じゃがね、この七十年のすべての想いがわしの革命を支えている。お嬢さんの十六、七年かな？　そのすべての想いがね、いまのお嬢さんを進ませている革命じゃ。そして、わしとお嬢さんの想いを出しあって、いつか革命共和国ができる。けれども、けれどもね、ほんとうの革命はじゃね、共和国じゃなくて一人ひとりの胸のなかにあるんじゃ。だから、わしらは少しずつ、少しずつ胸のなかからほんとうのもののを出しあって、共和国に『革命』というものを注いでいかなくてはならない。つまり永久革命じゃな。ふむ、考えてごらん、七十歳の老人と十六歳の女の子の共和国じゃよ！」

お姉さんは、なんだかうっとりしてくるのでした。

「なんだか広ーい感じがしてきたわ、革命って。もっと広々とした別のところで、そう、人間のなかで考えることみたい」

「そうじゃ、ウン、人はなぜ生きるか、人を導いているほんとうのものとはなにか、じゃね」

「えっ」

「ふむ、生きようとすることはじゃね、一人ひとり、その想いを抱きしめているってことじゃ。一人ひとりの革命をねえ」

お姉さんは熱っぽい興味を覚え始めていました。まるでこれじゃ、革命って、ほら、人の良心とか、なんとかっていう……。

お姉さんは、はっとして弾んで言いました。

「ほらっ、それじゃあ革命って、まるで神様みたい」

おじいさんがあっはっはと愉快そうに笑いました。

「うまい言い方じゃね。だって、それはそうじゃよ。ほんとうの神様はじゃね、みんな一人ひとりのものなんじゃ。ほんとうの神様はたったひとりのための神様なんじゃよ」

「でも革命が神様って、あたし、信じられないわ」

「ふむ、それじゃ、言い変えればじゃね、革命とは人類なんじゃ。だから、それは神様でも、革命でも、希望でもいいんじゃ。一人ひとりのなかの人類なんじゃ。人類の普遍的な創造力じゃよ。人類という種が進化の果てに獲得した、人類という生命の本質そのものなんじゃ。人類はじゃね、自分を超えようとして力んでいる。それが革命という一人ひとりの神様への愛と信仰のパトスとなって歴史のなかに顔を出すんじゃ」

「でもわたしたちの革命は社会主義革命でしょ?」

「うんにゃ、それも、いまの、じゃね。やがてそれは再び革命される。そしていつまでも人類が生存している限り、自分自身を超えようとして革命が繰り返される。国家や社会の革命から、ふむ、ついには存在の革命へと導かれるじゃろ。これはある人がわしに話したのじゃがね、つまりはそういうことになるじゃろ。革命はいまは力学じゃがね、やがて量子論になり、宇宙のような無限の弁証法を抱きしめるじゃろう。変革は変容になる。粒子は波動に超越されるのじゃ」

お姉さんはビッタリしたようにうわずって言いました。

「おじいさんはすごいのねえ」

「あっは、じゃが、人類は存在しない。存在するのは一人ひとりの人間じゃからね。これが人類の生存のアポリアなのじゃ。つまり、こういうことはほとんど不可能なんじゃからね。人間が肉体というものを止揚した時にこそ、初めて人類はほんとうの肉体を持つ。それまでは肉体は人間のもので、人類は宇宙のもので、そして無限にその矛盾によって傷つけられてゆくじゃろう」

おじいさんがそう言った時、「無限に傷つけられてゆくじゃろう」という言葉がなぜかしみじみとお姉さんの心を打ったのでした。おじいさんがあの司令官と友人で、この野営地の夕べに誘われたんだと聞いても、もうそういう話しはまるで聞こえずに、ただ言い知れぬ甘く、なにかしら気高い想いが、お姉さんの胸のなかを静かに流れているのでした。

2　長い長い告白

心地よい夜風が丘の上をなでています。安らぎのなかにかすかな緊張感があって、ときどき途切れたりする二人の会話を、夜更けの祈りのような高原の気配が包んでいます。

遠くの山脈は星空に漆黒に染まって、暗い海峡のように見える森のなかには不思議な香りが立ちこめていて、お姉さんはじっとそっちの方を見つめています。

まるで二人の姿は、かつて誰かと誰かがこうして丘の上で星を眺めながら語りあったことがあったかのような、平和や戦争という長い時間を超えて千年も昔からこんな情景が繰り返されていたような、遠い遠いどこかの星の上で数億光年もの距離を隔てて見も知らぬ二つの生命が瓜二つの地上の二人を見降ろしているような、そんな不思議な彩りをさえ、青ざめた月光のなかに漂わせているのでした。

ふいに絵のように結晶した情景のなかで髪を掻き上げるお姉さんの腕が白くぽっちゃりと月光に浮き出ました。

「ああ、まったくこの通りじゃねえ。ほんとに、この詩の通りじゃねえ」

おじいさんがまばたきしながら一編の詩を朗読しました。

一枚の紙片がやってきて除名するという
何からおれの名を除くというのか

これほど不所有のおれの
ひたひたと頬を叩かれておれは麻酔から醒めた
空のしたを過ぎたデモより
点滴静注のしずくにリズムをきいた
殺された少女の屍体は遠く小さくなり
怒りはたえだえによみがえるが
かれは怒りを拒否した　拒否したのだ日常の生を
おれに残されたのは死を記録すること
医師や白衣の女を憎むこと
口のとがったガラスの容器でおれに水を呑ませるものから
孤独になること　しかし
期外収縮の心臓に耳をかたむけ
酸素ボンベを抱いて過去のアジ句に涙することではない
みずからの死をみつめられない目が
どうして巨きな滅亡を見られるものか

ひとおつふたあつと医師はさけんだが
無を数えることはできない　だから
おれの声はやんでいった
ひたひたと頬を叩かれておれは麻酔から醒めた
別な生へ
パイナップルの鑵詰をもって慰めにきた友よ
からまる輸血管や鼻翼呼吸におどろくな
おどろいているのはおれだ
おれにはきみが幽霊のように見える
きみの背後の世界は幽暗の国のようだ
同志は倒れぬとうたって慰めるな
おれはきみたちから孤独になるが
階級の底はふかく死者の民衆は数えきれない
一歩ふみこんで偽の連帯を断ち切れば
はじめておれの目に死と革命の映像が襲いかかってくる

その瞬時にいうことができる
みずからの死をみつめる目をもたない者らが
革命の組織に死をもたらすと

これは訣別であり始まりなのだ
生への
すると一枚の紙片がやってきて除名するという
何からおれの名を除くというのか
革命から？　生から？
おれはすでに名前で連帯しているのではない

「黒田喜夫という人の『除名』という詩だよ」

「ステキな詩だわ」

「ほんとうにそうじゃねえ。革命の前衛党が一番革命的な人を除名すると言って、今度はその人が俺は名前でなんぞ革命に連帯していないって言う。不思議じゃねえ、一体、みんなが連帯しようとしている革命ってなんじゃろうねえ。名前でなくて、一体なにを賭けて、党にさえ除名されても連帯しようっていうのかねえ」

「革命は党じゃないものね」

「ふむ」

「党が革命になると、ううん、革命はもっと巨きなものだから。海のように豊かな世界だから。違う?」

「……きっとこうして誰れもが自分の知らない革命に向かって生きておるのじゃろうねえ。父親も、母親も、隣にいる人も、恋人も、まだ自分が見たこともない革命に向かって、生きたい、生きたいって、自分を賭けておるのじゃろうねえ。そうして誰もが決して他人にわからない挫折のなかに死んでゆく。悲鳴だけが、一人ひとりの悲鳴だけが、革命という途絶することのない残響音となって地球上を覆い尽くす。


不思議な季節がいつも巡って来たものじゃ。食物の飢餓が魂の飢餓で叫ばれる、そんな時代のことじゃ。突然自分たちが奪われて来たすべてを奪い返そうとする悲鳴が、ヒリヒリと大群集ののどを刺す。革命は魂の飢餓に膨らんでキルキルと渦を巻く。革命だけが、革命こそが、人間の底の底をえぐって人間を押し上げる唯一のほんとうの絶叫のような希望に高まることができたからじゃよ。

子供が欲しいよ、死んだ娘を返しておくれ、未来を分けておくれ、夢を取り戻しておくれ、生きたいよ、このまま死にたくはないよ、助けておくれ……。余韻は幾度も幾度も長く長く尾を引いて人びとの上を去っていった。不思議な季節、人の生と死があまりにも鮮明な日々。人はなにかほんとうのものをはっとするぐらい見てしまうと、もうそれに向かって生きてゆくことしかできなくなる。説明も出来ないし、逃れることも出来ないし、ただ向かってゆく。革命は一人ひとりのそういうものをすべて引受けて、とめどもなく膨み、無限大の多面体のように一人ひとりに鮮明であると同じぐらい無数の謎に満ちているんじゃろうねえ。魂の飢餓が底知れぬほど深く暗い飢餓であれば、革命はその反世界のようにきっと豊饒じゃろう。革命のための死が無数であれば、革命が与える生はきっと無限大じゃろう。そうでなければ、誰も命なぞ捧げるものか。

不思議な恐ろしいものじゃね、革命は。だから名前でなんぞ連帯しているんじゃない。党とともに進んでいるんでもない。自分の命といっしょに、人は歩んでいるんじゃ」

「……神様みたいな?」

「あっは、そうじゃ、人間はいつかペストのようにどうしようもなく革命に向かってゆくじゃろ。それは恐ろしいくらい素晴らしいことじゃ」

一瞬、まばゆくおじいさんの瞳が輝きます。そして、すうっとその輝きが消えてゆくと、どこか不気味な口調でつぶやくのでした。

「じゃが、それはほんとうに恐ろしい、ことなんじゃが……」

「ふうーん、ねえ、おじいさん、その詩に似たことってあったの？　だからその詩が好きなの？　おじいさんの昔のこと、聞きたいな」

お姉さんが甘えたように聞きました。

「わたしのかい？」

「そう」

「わたしにはなんもないよ」

「いいえ、きっとたくさんあります」

「いいや、なにもありはせん。こんな美しい詩のようではないよ。みんな昔のことじゃ」

「その昔のこと。ねっ」

「うんにゃ、恥ずかしいことばかりじゃよ。わたしはいっぱい過ちをおかしてきたのじゃし……。ふむ、お嬢さんにはかなわん、仕方がない……」

お姉さんがにっこりと笑います。

「大学生のころじゃったかな、わたしが初めて革命運動に加わったのは。じゃが、その時にはもう完全な武闘主義者だったんじゃ。なぜだかわからぬが、もう自分に堪え切れなくなって、タマネギの皮をむくようにしてアパートに閉じこもっていたものだから、ただただみんなと手を繋ぎたくてね。決意、決意、決意だ、と毎日叫びながら、その叫びに込めたわたしの真実だけをね、がむしゃらに果そうとして、自分の命を投げ下ろすような思いで梶棒を振ったものじゃよ。あっは、世にいうゲバルト棒じゃ。それに奇妙だったが、あのころ、わたしはキリスト教徒じゃった」

「キリスト教徒なの?」

「あのころはじゃ。いまはただキリストだけを、ふむ、いまもだろうか、いやいや、あのころだって、わたしは『教徒』なんかではなかったよ。もっと別な、全然違った思いのなかにいたんじゃ。わたしはユルゲン・モルトマンが好きじゃった。彼の『希望の神学』という本が一番好きで、それはそれは感動したものじゃ。『キリスト者の希望』は、未だ到来すべき神の国は来たらずというもので、それはいつまでも訪れぬ神の国への永遠の思慕、永遠に引受けてもらえぬ希望、しかし決して断たれることのない不屈の希望なんじゃ。

いいかい。いつまでも成就されないからしぼんでゆく中世の慰めじゃなくて、まるで反対にね、成就されぬからこそ希望し続ける、燃えるような戦う不屈の希望じゃった。神の国なんて、意味もない空想のようだが、あるいは幼い論理学にすぎぬが、神の国という幻影に込められたものこそ、解放された革命世界に実現されるべきもので、人類がかつて神の国と名付けたすべての祝福が革命世界に孕まれるべきものだと読み変えるなら、その一瞬に『希望の神学』は革命派の手中にあったんじゃ。

それは魂の十字軍だったが、コンスタンチノーブルの代わりに人類のとめどない未来の大地に向かって進軍するものじゃった。

しかし神の国は理想そのものであるがゆえに、肉薄しようとすればするほど逃げ水のように無限に後退してゆく。だから魂の十字軍は無限に前進してゆくという、永劫の歩みを続ける奇妙な希望の軍団じゃった。なぜ、この無限のゲームが希望によってなされるか、到達し得ないものに向かってなされる営々とした数億歩の進軍がなぜ、希望にあふれているか、ここがミステリーじゃったが、そのミステリーにこそ、すべてがあるんじゃ。

モルトマンが説いていたのはこうじゃった。キリスト教的希望は来世の祝福への希望じゃない。イエスが死し、証した十字架の立つ大地、その大地への祝福の希望である。それは歴史的世界や歴史的未来への参与であり、現実のこの大地の解放への希望でなければならない。人類は、いわば物象化されたイスラエルに似て、『出（エクソドス）・エジプト』の民である。

　神は流浪する者で、常に現実を引き離し、到達すべきかなたをその背に示す無限の道標、波間に漂う燭光のように鮮やかな道標である。脱出の共同体（エクソドス・ゲマインデ）こそが人類の類的位置にほかならず、現実と歴史の超越に向かって、あり得べき現実の獲得へと歩み出そうとするとき、そのかなたで切り裂かれた十字の輝きを指し示す者こそ、神という絶大な示標そのものなのだ。憧れて仰ぎ見ると、神は地平線、孤を描く水平線上の巨大な幻影のようで、我を見よ、我に至れと、一人ひとりの労苦とその望みとを祝福している。人類は自らの類的意志の象徴として、哲学的な比喩として、旧約聖書に記された出エジプトの民なんじゃ。解放さるべき新しい世界に向かって、顔を上げ、砂塵と褐色の飢とをボロのように纏い、歩み続ける民なんじゃ。キリスト者の希望とは、こうしたゆるぎない革命的営為への決意、イエス・キリストの十字架上の死の無限の意味を背負う、いわば戦う楽天主義のことだった。

　わたしがモルトマンのなかに読み取ったものは、こうした殉教者たちの希望だったよ。

戦う楽天主義者たちのマナ（天上から下された聖なる食べ物）である理想に向かった狂信、その者たちの血と魂の形而上学的工作、まさしく不屈の希望じゃ。

わたしはあのころ聖書と毎日暮していたよ。二千年の歴史の殻に閉じ込められた一冊の書物のなかから恐ろしい命題が、傷ましい嘆きが、悲恋のような純なイエスの声が、わたしの心の汚辱を落とし、わたしを震わせ、キュルキュルと身悶えさせて、光のように貫いていった。

イエスの顔が見えたよ。静かにわたしに微笑んでみせる顔が見えたんじゃ。そしてもろもろの予告をはりさけるほど身に受けたよ。

なんという日だったろう、その日、たとえ目の前が真赤に炸裂し、額を打ち割られようとも、わたしは立ち上ろうと思った。革命、という名のもとに！

キリストの十字架が人類に負わせた意味は深く、激しく、革命的で、不滅だった。彼の死は彼以降二千年の人類史に向かってもなお、勝利だった。わたしは泣き出しそうになって、体中から絶望的なほど抵抗できぬ感情がせりあがってくるのを感じたものじゃ。勝利、勝利！　そうじゃ、すべての犠牲者たちはみな、ほんとうは勝利しているんじゃ。そのことが、破滅と同義語であるくらい恐ろしい勝利が、イエスの祝福が、怖いほどわたしを気高くしたんだ。

わたしは知らぬ間に立ち上っていた。『使徒』という雑誌を作ったよ」

「その雑誌にどんなことを書いたの?」

「創刊号に宣言を載せたよ。いまでもよく覚えている。まだ若かったし、勉強不足だったし、だけど、わしたちはわしたちの叫びのなかに切ないくらい生きておったね。こんなだったかな。

同志諸君、並びに全人民の皆さんへ

革命的キリスト者同盟を代表して

『恩寵はつねにこの世に在るであろう』

——かつてパンセのなかに記されたこの言葉を誰も否定することは出来ないであろうが、また、この言葉によって多くの人びとの心の奥深くに喰い入り、樹液のように命のしずくを吸い取って、ひからびたラバの皮のように恩寵を模造する聖依のブルジョワたち、彼ら、神の真意からの逸脱を否定する事もまた、誰にも出来ないであろう。彼らのひんやりとした僧院の孤独、渡し難いブルジョワ的私的所有に染められ、内面化され、趣向化された密教的緻密さ、神秘的神秘と魂の饒舌によって人びとを幻惑する永遠の裏切り者である痴呆者たちの顔を！

誘惑は弱い環から浸入する。彼らもまた、微かに、暗示的に、誘惑者の仕草で、夕暮の岸辺近く、無明の宵の魚類のように、波のように物狂おしく親しげな臭いでヒタヒタと体をすり寄せてくる。彼らの権威は、だが、ひとつの一派にすぎぬものだ。彼らは自身の最も顕著である虚無主義によって神を教会に幽閉し、神経症を美的観念で糊塗する病的な才気によって神の真実の裁きを放逐した。多くの恫喝を我々に与え得てきたのは、神の言葉よりも自らの平安を選んだ彼らの、一種の本能的な誘惑が我々をくすぐるからにすぎぬのだ。

彼らは水が低きを流れるように人びとの明かされぬ下降水流を潜り、無限に後退を誘い、最後究極の後退地点でついに美学を見出し、その死守のために荘厳な武装化に突き進んでいる。彼らの絶望的な内向性は、自らの敗北の深さに比例して昂ぶり、彼らの美学は失うもののあまりの大いさによって、ねじられたように神秘でグロテスクな依をまとった。彼らの本領こそ、こうして絶対化された後退の神秘学、白痴的なロマンチシズム、言葉の巧妙な言い換えにすぎないトートロジー、絶望から神への跳躍的合一という愉悦の論理！およそ一切の局面から脱したところに築かれる彼ら自身の内的宇宙にあり、それは誤またずバビロンの塔に無限に開かれた神命を閉ざすべく、自らの奥院よりもなお奥深くに逃亡した十数世紀にわたる挫折の営為であった。彼らは歪曲された神秘のなかに歴史も生命も投げ捨て、ひざまずいて奉げた清廉なる一派であり、最も神秘なキリストの裏切り、神の遺骸を抱いて祈るだけの信仰のブルジョワたちであった。

だが、魂のプロレタリアは異なった。彼らは神が見るべきものを見、神が歩むべき道を歩む。彼らの周囲には、新しい血を流し、十字架の丘に注ぐ人びと、魂のプロレタリア、神の生とともに『われ共に在り』、かく生きている信仰者、生きている者だけが犠牲にされる世界の偽善と背徳に満ちた儀式に向かって叛逆のために立ち上がった人びとがいる。神は生きているものの生命だけを、その労苦だけを愛されると確信して！

それは左派キリスト教徒、汎神論的なほど一神教で、だから反ユダヤ、反教会、文字通りのキリスト者、街頭におどり出た神学部の大学生、神の生とともに歩む数少ない革命的な信仰の同伴者たちであった。

彼らはまるで素朴な子供の眼差しのように革命的であり、狂信的という意味で宗教的なほどいわば形而上学的で、一切の宗派とは根源的に無関係に、かつての宗教革命がイデオロギー的に担ったとまったく同様のプロレタリアの階級意識を、いわば現代に於ける類的意識の頂天を、気の強い少年のように背負った。

彼らには労働僧もいたし、プロレタリアの副牧師もいたし、ひとりの人間もいた。彼らには教団もなく、なにひとつ教義もなく、ただ、真の宗教のようにインターナショナルなひとつの決意を、神の声のように無限の内容を孕んだ単純な言葉を、ただそれだけを握りしめていた。

彼らは誤またず、心貧しきひとりの歴史的被抑圧者であったからだ。

彼らはその訪れも知らぬ『革命』に向かって、人海戦術のように決起し続ける。彼らはキリストの命題を抱きかかえ、決意によってそれらを塹壕のなかに現存せしめ、歴史的現在の真中に塔のように打ち立てようとした。彼らのキリストへの激しいルネッサンス運動は一切の宗派、教義を超えて、人類の類的意志の明るみにおどり出て、ドグマでもイデオロギーでもない最も思想的な血を、人類の無限に引続く解放の歴史のただなかに要求したのだ！

彼らのキリストとそのキリストの命題のなかに、解放だの、革命だの、人民だのという、いわば存在規定を読み込むことは我々の昂ぶった曲解であるだろうか！　否、むしろそのことこそが、彼らのルネッサンスに孕まれた革命的急進主義の真実なのだ！　それは社会の理論では決してなかった。だが、それは世界観であり、心情であり、変革のテーゼであり、これら一切の混沌たる原始状態の決意表明の理論、蜂起のパンフだった。

いつの日か国家と党の死滅するであろう歴史のかなたでは、あらゆる理論もまた共に死滅し、成就されるであろう。彼らはそのように歴史のかなたの真実と一体であり、彼らの肉体は自らのイデオロギーと合体していた。

歴史はいまや、多くの人びとの勝利と敗北が重層する地層のなかで、阿鼻叫喚と悲鳴と繰り返される宣言の嵐のなかで、多くの犠牲と多くの逡巡と多くの訣別の代償によってかろうじて築かれた我らの戦列を見つめている。同志よ、引絞った唇をといて、いまこそ、イエス！　十字架！　その言葉の自縛に突き進む雄々しさを示すべき時だ！　キリスト者とは血の殉教の名称、十字架とは生きとし生けるものすべての生命の悲劇への祝福だ！

同志よ、生ける信仰者たちともに、キリストの血の不滅の真実へ！　聖なる十字架によってあらゆるものを予兆のように超えて決起しよう！　聖なる心情こそ一切の犠牲の絶対的転位であり、その転位が切り開く過渡にすぎない我々一人ひとりの生命への絶対的祝福であり、イエス・キリストの身を焦がす言葉とともに生きることなのだ！　危機は、時よりもなお素早く訪れる。階級性と政治性を捨象した運動の深部には、いつも敗北した壮大な全領域革命のイメージと、その無残な屍、延々と続く葬列の映像が流れるばかりだ。もはや足踏みはできない。遠からず我々が手にするものは、革命の彼岸への魂の慟哭と、一丁の銃に賭けた散華のロマンチズム、共に失いしものへの絶望的な復讐戦だろう。

おお、同志よ！　いまこそ奮い立つべきだ。

万感の絶望に堪える者こそ、万感の希望のうちにあることを示すべき時だ。歴史の真実の証言者であった被抑圧者として自らを識別してためらわない我々こそ、永久の革命的激動を牽引する最も革命的な不動の勢力である！　古代の狂信者こそ我々の裡に復活し、意味ある者として我々によって止揚されるだろう。我々こそ唯一のキリストの子であり、いまこそ二千年の歴史を貫く最も激しい光を両肩に受けるのだ。

おお、我々は言葉となって戦うだろう。キリストに付き従って至上の道標に向かってその最初の人柱を身に受けるだろう。犠牲の意味は重く、我々はひとつの言葉になるだろう！　我々には愛がある。ただ、愛がある。

我々は堕落と好色と死臭のただなかに屹立して、『一の希望の子たるもの』（ニーチェ）だけが我々に下される恐怖や畏れといった重圧を支えているのを知るだろう。鞭といばらの行軍に堪える愚かな一派の無能な自己陶酔と観念性を超えて、真に歴史的普遍者として、キリストその人が示した道に、この大地の上に、大地への祝福のために、自分たちの血を流すだろう。

我々は『革命的キリスト者』としてここに宣言する！

我々はもはや、かのパンセ一派のごとく、魂の宗教の名のもとに自らの感傷をなめることはできない。はみだした自らの内臓をなめながら癒す犬の徒党にどうして組し得よう！

我々にはキリストが見え、彼の言葉が聞こえるのだ。彼らは戦わぬ。戦わぬことのために死ぬまで自らと戦い続ける滅びの徒党なのだ！

我々は戦うであろう。キリストの悲憤と、彼が示した激しい革命の予言に向かって、身を挺するだろう。我々は彼とともに在り、『一の希望の子たるもの』であるだろう。

それはつきることのない灯明のように光と闇とを区切り、人びとを導くだろう。光があり、言葉があり、全世界を導くだろう。原初（はじめ）に言葉ありき、世の末にも言葉があるだろう。その言葉だけが一切の生命を、世界の意味を、その品性を証すだろう。

革命的キリスト者よ、血と魂の殉教へ！　慟哭し、反撃するプロレタリアとともに！　恐ろしい反撃戦へ！　無限の反撃戦へ！　永久革命へ！

同志よ、かつてアンドレ・マルローは、スペインの人民戦線に向かってピレネー山脈を越える時、『かつては永遠の命のものだった役割を、今日では革命が演じている』と言ったものだ。

かの北欧の作家ストリンドベリは、自分の墓にはただ一言だけ、それさえあれば永遠の門を揺さぶりこじあけるのに充分な一言だけを刻んで欲しいと望んだのだ。

その一言とは、『おお十字架、ただひとつの希望』であった。

同志よ、この言葉の革命的転位のなかに、存在の真の悲劇が最も崇高な形で示されている。

我々の決起こそ、永遠の勝利に向かった唯一絶対の希望である。

十字架上の希望、おお、この大胆な逆説を身と心に受ける時、歴史は、我と我身の血によって生々しくも聖別されるのだ！

勝利せよ、勝利へ、勝利へ！

……あっは、血湧き肉躍る懐かしき青春の夢想じゃな」

「とっても激しい宣言文ね」

「ああ、激しかったね。どんな言葉も、もどかしいくらい激しい時代だったよ。あのころのことはお嬢さんも解放区の歴史のなかで勉強しておるじゃろが、辛かったけれど、しかし正直で勇気のある素晴らしい時代だった。後にキリストを捨てて政治の世界に潜っていった友人がいてね、彼とわたしとはそれからも文通していたんだが、ある日、わたしが書いて送ろうと思った同じことを手紙に書いてくれたよ。彼はね、デモ隊のなかでね、涙が出てたまらなかったって書いて来たんじゃ。別に官憲になぐられて痛かったわけでも、デモ隊が襲われて悲鳴に包まれたわけでもない。そうじゃなくて、周囲を圧倒し、占拠し、歴史に向かって意思表明している、そういう勝利していたデモのなかで、勝利している、というそのことが泣けてきたというんじゃ。わたしもその日、同じような思いをした。デモに参加しながら感動して涙が出てきたんじゃ。同じ日、別な場所で、いくつものデモ隊のなかで、一度きりだったけれど泣きながら青年たちがデモした日があったんじゃ。わしはその日を忘れないよ。その日の友人の手紙もね」

うつむくと、いつの間にかお姉さんは指で草をちぎっていて、指先が葉っぱの汁で濡れているのです。月の光は谷間の木立のなかに銀の波のように揺れています。風にあおられた子供の髪のようにお姉さんの髪や膝に降り注ぎます。一匹の虫が首筋に止まり、手で払うと潰れた死骸が染のようにこびりつきました。

虫も生きているのに、殺してしまった。お姉さんは溜息をひとつつきました。遠くから霧の匂いが流れてきます。漆黒の山容は馬の背のようにすぐ近くに迫り、星空にくっきりと切り取られたような透んだ構図を描いています。

ふっと黙ってしまったお姉さんの頭のなかを、何度も教室で映写された昔のニュース映画のシーンが切れ切れに流れています。おびただしいガス弾の煙のなかを高速度カメラが次々と敷石が砕かれてゆく様子をスローモーションのオリンピックの映画のように追ってゆきます。引裂かれたシャツを背にふくらませたパリ解放のレジスタンスが、都心の街路を封鎖しています。鉄道工夫のようなツルハシの作業が土曜の朝、大都会の紫色の薄靄のなかでひしめきあい、一転してジュラルミンの盾がバリケードの瓦礫を踏み越えて押し寄せ、路地という路地、電柱という電柱、階段という階段の隅にうずくまって乱打されている額、激痛に震えている背中、めまぐるしい喜劇のように灰色の煙のなかで音もなくもがきあう群集と倒れてゆく人びとの一瞬間、スクリーンに向けて見開かれた視線。それらの修羅場を恐ろしい風のように縦横無尽に駆け抜けてゆくカメラの目。突如、上空に反転したスクリーンは夏のギラつく太陽の閃光をよぎり、キラキラと摩天楼のガラスに沿ってこぼれてくるアジビラの乱舞をスローモーションのように追い、路上に花のように散ったビラの滲んだ文字の上を女性たちが目を真赤にして行進しながら闘争の勝利を叫び続けていました。

スクリーンにはおびただしいスローガンが繁華街の看板のように写っています。教育の奪回、差別政策反対、反戦、安全な廃棄物処理、環境破壊、奇型児出産、死んだ民主主義、外交的反動、新植民地主義、解放戦争支援、武器輸出禁止、全土軍事基地化粉砕、内乱へ、首都包囲へ、国会占拠へ、全産業の人民管理へ、すべての思想的武器を労働者の手に、革命前段階玉砕戦の貫徹を、労働者委員会、ソビエト、全軍事基地労働者同盟、反軍闘争、万歳、万歳!

広大な緑地に農民たちの背中が見えます。激しい半鐘が打ち鳴らされ、糞尿の堀に煩裂する催涙弾の火炎がはじけます。小学生が額に血をにじませて竹やりを構えています。女子中学生が赤い腕章をした老婆を抱きかかえて立ちすくんでいます。弾圧者たちを見つめる沈黙した長蛇の老人ピケ隊の視線がスクリーンの全面を右から左へとパンしながら覆ってゆきます。青ざめた海に白亜の軍艦が浮かんでいます。上空をカメラはゆっくりと施回します。バタバタ、バタバタとヘリコプターの爆音のなかを純白の放水が軍艦の四方に開花します。美しい虹が放水と波の間に浮び上ります。無数の漁船が霧笛とスピーカで気違いのように周囲をうねっています。シュプレヒコールが海面を滑ってゆきます。抵抗し、半身を海水につかった胴長姿の漁夫たちが、メリメリと船腹を裂く絶望的な甲板に立ち尽くし、泣いています。

突如、豪雨の路上を無数の人びとの群れがひとつの言葉を唱和してデモンストレーションを開始しています。深夜の豪雨のなかを、白衣の装束が、殺すな！　とまるで呪うように歩き続けます。ずぶ濡れの青年たちが密集して続き、棍棒がハリネズミのように四方に突き出されます。ヘルメットが石けんみたいにつやつやと街灯に輝き、前方に猫の目のようなガラスの横線が入ったサーチライトがハタハタと群集を照射します。催涙ガス弾の噴き出す憤煙と激しい放水が路上の小石を弾け飛ばし、突如として投石と阿鼻叫喚と乱打と捕縛と血と悲鳴とが、押しつぶされる肉塊となった群集の暗い叫び声とともにスクリーンにあふれ、肉体と肉体が沸き立つようにぶつかりあい、追い詰められた壁の前の壊滅が別世界の生々しさで映写されます。

空は灰色じみて青く、よどんでいるように静止しています。ネオンの濡れた輝きが人びとの帰路を彩り、アンニュイが繁栄であるかに平穏な巨大な都市です。ビルというビルの明かりは琥珀色にきらめいて、ビルの谷間の広場には学生と労働者が哀しいようなギターの音色とどよめきのなかで革命歌を歌っています。インターナショナルの合唱が日めくりカレンダーをめくって流れ、広場の群集の笑顔が多重露光に押し寄せてきて、おびただしい人びとの共感が雄々しき声となって雨の路上を濡らしています。首都の四方のターミナルは報道機関のフラッシュの嵐に曝され続け、陸続と学生と労働者と学者たちが地方から結集して来ます。歯ブラシと手ぬぐいと宣言文と鉄パイプと血染めの旗とをかかえ、記録のように淡い微笑みで画面にまっすぐ歩み寄ってきます。ハチの巣のような下町のアパートの部屋という部屋は、電球の下でビラと地図とスピーカと棍棒と薬品とビニール袋と救急用品とむせかえる汗の匂いと先進的な女性たちの慈しみの巣窟となり、路地という路地、街路という街路は、どこか猛烈に渦巻く旋風の中心点のような希薄さで不気味な闇に閉されています。

突如、都会の真中の公園で深夜の水銀灯に照らされた深々と青ざめた広葉樹の陰から、すすけて紫色に染まった巨大な赤旗の林立が姿を現わし、次々と周囲の闇の奥からあふれ出て進発してゆく壮大なデモをとらえます。闇のなかに銀色に光る鋭利なきらめきが群青色の回遊魚の反撃の背の鱗のよう。不気味に凍える闇の沈黙を破って獣じみた影が画面に充満します。

一転して、放水の水しぶきのなかでビラがまかれ、すぐさまぐしょぐしょになって地面にたたき落されます。こまネズミのように旋回する青年と少女の体に、無数の針の束となって銀色の放水が射られます。絶叫する両手からナイフがはじけ飛びます。装甲車が二重の地平線を描いて封鎖します。路地は暗闘の乱打の響きにきしんでいます。大学の建物から落下するヘルメットの乾いた音と、どろどろに溶けた皮表紙の書物。都心はいたる交差点で汚く血塗られ、デモは小鹿のように躊躇し、震え、国会は自己批判する左翼の記者会見でごったがえし、政治的立身出世主義と権違ある前衛党の敗北のための政治工作が、スクリーンの全面をとめどもない挫折の光景として空白に至るまで犯し続けているのでした。

おじいさんは語り続けました。

「革命的キリスト者同盟は十五人だったねえ。黒いヘルメットに十字を書き込んで、ぼくたちのヘルメットは、ぼくたちの十字架です、そう言って棍棒を手にしていたよ。わたしたちは地平線を見ていた。都市では見えやしないがね、ふるさとでは遠く彼方に孤を描く地平線が見えた。わしらはそういう幻影のさらにその向こうを見ていた。地平線の向こうっていうのは子供のときから不思議なあこがれじゃったからねえ。そのときには赤や黄や青や灰色の封鎖線が眼前にありはしたが、たとえ目の前で誰かが真先に倒れようと、わしたちは地平線に向かって歩き続けようと思っていたよ。わしたちの勝利はきっと遠い、じゃが、戦いの本質に身をさらさずして、その痛苦を自分たちの肉体に受けずして、勝利のなにものであるかを知り得るだろうか。

わたしたちは幼かったが、自分でも感心するほど、雄々しかった。近づいてくる弾圧のために女の子たちは子供のように泣きじゃくってさえいたんじゃ。

あっは、昔のことだよ。間違いだらけのわしたちの青春じゃ。だがね、いまだって、あの時わしたちを貫いた光は、あの恐ろしい希望の光は、体中を砕いてボロボロの屑のようにしても照射することを止めない。神様に恋文を書いたり、仏像に接吻したりするようなどうにもならないものが、どうにもならないと言って、なにもかもを奪い取ってしまう、そんな感じだね。

お嬢さんは神様と言ったが、ほんとうだねえ。革命は無限のかなたで立ち上がり、あらゆるものを引きつける。どんどん豊かに膨らんでいって、革命という一点に向かって人類は自分たちの最後の望みを託しさえする。たとえ敗北したにせよ、悔いはない。だって革命は失くした過去のように必ずや波紋を描き、波のように記憶の海を遡行して決して消えることはないからね」

お姉さんは悩ましげに嘆息をついて、少し疲れて眠くなったのか草むらに横なりました。首筋に草がチクッとあたって、わざと頬を草にすりつけるようにして苦い葉を噛んでみました。

「どうしたんじゃい？」

「ううん。ねっ、それからどうしたの？　おじいさんは」

「ふむ、それからのことかい。それからのことは、おかしいような悲しいような、たまらない感じだったねえ。わたしは結局、赤色十字軍という、まあ、テロリストになっていたよ。あのロシアの文豪ドストエフスキーは苦悩の青年期、革命党に加担して皇帝直属の官憲の手によって逮捕され、死刑を宣告され、恩赦されてシベリアに流刑にされた。そこから彼の苦悩と救済の世界は始まるのじゃが、それと同じさ。

わたしたちの仲間には労働司祭もいてね、あれからすぐにバチカン法王庁が労働司祭を禁じたものだから破門されて加わったのじゃが、六人でね、アルジェリア解放軍の三人組の組織のように、ロシアの高名な五人組機関のように、エチレンと名付けた、ある分肢を育成し、亀の甲のような秘密の組織工作網を広げ、多くの同士とともに全土同時テロに幾度も立ち上ったものじゃよ。

テロリストといってもね、それは非道な政府の暴力装置への攻撃で、人びとを自爆攻撃するような治安攪乱や無差別の大量殺戮を目的とするものではないんだよ。治安出動する軍への襲撃や暗躍する治安機関に対する爆弾攻撃……。

いやはや、とんだ子供じみていたね、あのころは。火焔瓶を投げ込んで革命的状況を創出しようっていうんだから。やがて双方に犠牲者が出た。その弔いの復讐戦が企図される。それを防ぐ予防拘禁や拷問、投獄が始まる。我々の武装なんぞ、たわいもない手製だからね。ごく局地的な爆弾騒ぎにすぎないんじゃが、あまりにゲリラ的というか、十字軍という名前の通り自己犠牲的だったから、その攻撃は彼らの恐怖となった。

不思議だったね。わたしはいつも至福千年で、夢を見るように爆弾を投げたからね。そのころのわしは奇妙に自由だった。どんなことでも可能に思えたよ。ふむ、なぜなら、もう、わしたちは十字架によって死んでいたからなんじゃね。実際には追いつ追われつの追撃戦があって、アジトは幾つも次から次にあばかれていったし、組織の壊滅も拷問も、裏切りもあった。

　深夜の路地で警官に後ろから急所を握られたことさえあって、嗤う警官をふりきって逃亡したり、デパートの公衆便所で私服と並んで用を足して、押し殺した声音で脅かされたこともあった。愚劣といえば愚劣な毎日じゃったが、それでも十字架上の死によって、わしたちの思い込んでいた勝手な自死によって、まるで地上のすべてが意味がないくらいまぶしく輝いて見えた。すべての瞬間が歓喜じゃったねえ。

　わたしたちは犯罪者だったし、いわば刑法でいう殺人罪を構成していた。それなのに軽やかに好妙に作戦を立案し、政治力学的な影響を評価し、避けられない犠牲を想定し、覚悟し、ルートを決め、逃亡のポイントを暗記し、決意し、実行した。よくはわからぬが、まるで永遠を相手に戦っているような気がして、少年のように至福千年だったねえ。

　わたしたちはある意味で殺人を繰り返そうとして動き回っていたようなもんじゃ。なぜそんな革命が必要なのかって？　権力は決して自らの権力を譲渡などしないからだよ。いつまでも自己保身と問題の先送りに狂奔し、自分だけは生き延びようとするからじゃ。人びとがわからなくなるほどずーっと先にまですべての危機を押しやり、破滅の瞬間まで特権的な欲望は手放すことなく、猛り狂い、ほんの少しの利得を巧妙に使って人びとを支配し、懐柔し、手先にし、勇気ある善意の人びとを真っ先に潰し尽くそうとするからじゃ。

彼らが権力を手放さない限り人びとは無慈悲な弾圧にさらされ続けることになるじゃろ。歴史が証明している。その犠牲はあまりに大きく、だから革命は立ち上がった瞬間から、勝利するまで戦い続けるしかないのじゃ。人びとのために！

わたしたちはそのことをようく知っていたね。『わたしたちは殺人者であります。よって死刑を身に負う決意であります』。こんなことさえ思っていたよ。ひそかに決別の手紙を書いていた者もおった。わしらはすでに自らを裁いておった。じゃが、その裁きを自ら負うことによって自由であることに陶酔していたのじゃ。最後の審判があるとすれば、わしたちはそこから出立したのじゃった。だから、もう戻れない至福千年のなかで戦闘的テロリストになっているしかなかった。交番を襲い、武器庫である軍事基地を襲い、可哀想に婦人警官さえ拉致したよ。ずいぶん卑劣だったが、いつだって人民の反撃は甘いものだから、訓練なんぞされていないから、権力は逃げおおせる。攻撃はしだいに深部に仕掛けられるようになるんだ。

かつてない大戦作が机上に広げられる。わたしは自分に叫んだよ、絶望だ、絶望だ、もっと深く、もっと深く！　希望を支えるためにだ、希望を無敵にするためにだ、ってね。

いまこそ狂気のごとく、盲目のごとく、一切に向かって突っ走れ！　そして微笑みだ。神秘な、この上なく神秘な微笑みだ！

なんと傷ましく恍惚な決起が開始されたことか。ベロニカの微笑みって知っているかい。我々の犠牲的な先駆的蜂起によって人びとは目覚め、必ずや革命的状況が創出され、人びとは革命に向かって動き出す、そう思っていたんじゃねえ。一粒の麦、もし死なば、多くの実りを結ぶべし。そういうことじゃ、人びとはやがて我慢が出来なくなって立ち上がる。連日、街中はデモに埋まり、すべての職場がストライキへ、ゼネストへと立ち上がる。が、政党は寄せ集めで状況を理解することも、その後の展望も描けない。どうしていいかわからない膨大なエネルギーは国会を取り巻き、ついに首相官邸に突入し、各地で警察署を襲い、路上を占拠し、押し寄せる警察車両と対峙する争乱状態になる。

そのとき、わたしたちの革命委員会は占拠した国会のバリケードの上で演説を始めるんじゃ。生産を労働者たちで管理し、正常化しよう、弾圧機関は解体し、国会議員や首相は罷免し、すべての地域で人びとの委員会を組織し、公正で民主的な地域の行政機関を動かそう。我々自身による、真の人民の代表による、真になすべきことがらをなそう。民主化された行政を！　人びとの権利と自由を！　労働の正当な報酬を！　不当な利得の没収を！

演説する革命委員会を防衛するために革命軍が姿を現すのじゃ。軍事組織は必要じゃったのじゃ。戦闘状態になるかもしれなかったからね。そして国会を占拠した我々のヘゲモニーによって国会からすべての権能を奪い、人びとの評議会がそれを継承し、行使する。

そのとき伝統的な文化的権威である国王までが首都の真ん中の広大な緑地である宮城のテラスに出て、人びとに平静と知性を呼びかけるんじゃ。人びとの善意を信じ、なんと革命委員会の演説まで支持する。

そんな夢想すら描いていたんじゃからね。そして気がついたら、わしは公安機関の一室にうずくまっていた。体中にあざをつくって、顔中、内出血し、まぶたが開けられず、固まった血のりで視界が閉ざされていた……」

3　永遠ほど続く審問

お姉さんはくるっとあお向けになって星空を見つめました。満天の星はいよいよ鮮えて輝いています。夜は深く、森のなかの少年少女たちの気配はなぜか遠のいていって、睡魔ともつかぬゆったりとした感覚の痺れがお姉さんの体に満ちてゆきます。

「……拷問されたの?」

「うん? ああ、そうじゃねえ、ひどいものだった。そのうえ言葉巧みでね、俗っぽくて好妙でもあったね。そう、変てこでねえ、三十代半ばの取調官がわたしのそばに立って、こんなことを言ったよ。いまでも口真似できるよ。こう、ドア近くまで室内を歩いて行って、別の係官の椅子の背に両手をバッシっと打ちつけて、それからクルッ、クルッと踵で回って、わたしをにらみつけ、じわっと両手を引紋るように胸の前にもってきて、近づいてきて、まるで名優の仕草で、おい、お前、ところで俺は聞くがね、ときた。こう言ったよ。

一体、こんな俺たちのためにもお前たちは立ち上っているのかね、ええ? どうなんだ? どうせお前たちは気違いだ。だから、お前たち自身はそれでいい。でも、なぜ、どうして、どこから引っ張り出したか解らぬ普遍的という権威でもって、周りの弱い人間たちまで巻き込んじまうんだ? お前たちの犯罪は、そこいらじゅうにいるちっとも変りばえのしないただの人間を、人類だの、階級だの、超人類だのと持ち上げ、人間から生身を引きはがして、立っていられもしない歴史の絶壁に押し出すってことだぜ。

自分がそういう所に立って、わなわなと震えているくせに、吹き上げる風を受けて、さあ飛べ、ここがロドウス島だ！　ヘッ、そうして死ぬがいいさ。だが、そんな狂気のどこが普遍的なのかね。ふん、未来のためだって？　経済の計画的合理的統治だって？　歴史と人類の進化のためだって？　聞かせて欲しいものだよ、どんな未来なんだね。俺たちの未来なのか？　俺たちがそこに生きている未来なのかあ。俺たちもお前たちもみんな死んじまった後の、誰のものかもわからぬ未来って奴なのかあ。

ヘッ、たとえお前たちが勇敢限りない死を死んだとしても、そんなことはたった一軒隣りの未来さんだって覚えちゃいませんな。だってだな、人間はだな、悲しいかな自分の手にした世界からしか生き始めないんだ。誰がその世界を与えてくれたかなんて、そいつの頭のなかに位置も記憶も占るものか。革命世代の功績だなんて、そんなものはいつだって海に放たれた矢よりも早く忘れられる。豊かな未来であればあるほど、それは忘れ去られるのだ。

お前たちのパンフレットにしきりと書いてあったモーゼのことだって、俺はちゃんと調べたんだがね、出エジプトを完遂しようとした時、日曜日に仕事をする者は殺されねばならんという、まったく恐ろしく馬鹿げた戒律を下したんだ。これが最初の人間革命が制度的に自らを暴露したところの、卒倒すべき革命的命題だと思わんかね。おい！　しかも一方で、山上の戒律を待ち望んでいたはずの世界史に選ばれたイスラエルの民でさえ、映画が描いているだろう、モーゼがなかなか帰ってこないのをいいことに、ソロモンの栄華よろしく黄金の子牛像を囲んで、女は着くずした布をゆるめた腰ひもで結び、くねくねと白蛇のようにベリーダンスを踊る。銀の酒器がカチャカチャと音をたてて地面を甘く濡し、女のふともも軟らくすべっこい両腕がのけぞるように、まるで活きのいい魚のように男たちの歓楽の腕のなかにあえいでいる。

これが革命という茶番の真相じゃないのかね。モーゼに喰ってかかるイスラエルだっていたぜ。荒野で死ぬよりはエジプトの奴隷の方がよっぽど人間的でいい！　こう言ってモーゼを責め立てる。水が無ければ水をくれと言ってなじり、飢死させるために我々を導いたのかと逆恨みする。モーゼがまんできなくなってこいつらを打ちたたいたって、たったこの日一日で三千人が殺されたと聖書に記録されているがね、つまりは反革命分子だ、えっ、どうしたって人間なんぞは生まれてから死ぬまで、こうしたしろものじゃないのかね。

黄金の子牛は次から次へと時代を超えて造られ、テントというテントは露営の度に愛欲の狂宴がてらてらと燃やされるんだ。いつかは革命だってがまんできなくなって、自分たちが乗り越えて来たほかならぬ野蛮な技術で、つまり弾圧でさ、お前たちが言う暴力装置でさ、きっと人民を押え込むだろうよ。お前たちの優しい愛にあふれた死はなんなくこの繰り返しのなかに生気を吸い取られ、無縁仏のように埋葬され、歴史から抹消され、忘却され、必要とあれば永久革命の名によって、再びお前たちのような死が、結局は犬死である死が、人類に必要になる。

どこまでいっても犬死でしかない死が、そういう死のカタストロフが、繰り返し、繰り返し人類史に要求されるんだ。そうじゃないかね、つまりお前たちは人民のストレスが昂ぶる度にお前たちの命を、まるで歴史のカタストロフのために投げ出すってわけだ！

こうしてお前たちは、お前たちを裏切るしかない卑劣で汚ねえ奴らの快楽のために身を削って、自分たちが飲めなかった酒を彼らに血でこしらえてやっているだけなんだぜ！　たとえ奇跡が起ったにしろ、お前たちは結局、方法の死で、果実は生き残った連中だけが勝手に都合よく喰っちまうさ。

ヘッ、それでもお前たちの犠牲は、永久の人類の営みのなかに、連綿と引続く英雄たちの死の系譜のなかにあると思ってみてもいいさ。せめてそう思うことくらいは許されそうだ。だがね、そういう英雄たちの死こそ、英雄そのものこそ、人類の汚ねえ小心者の歴史の本質を限りなく証す、逆立ちした記念碑、アリバイにすぎんとはねえ。

あっは、人間なんて底の底まで、御身大切な汚ねえ小心者なんだ。

それともそうじゃなくて「歴史は社会的人間によってつくられる」というあのプレハーノフの歴史の原理の問題かい！ 社会的な生産過程が歴史の必然たる自由を、つまり歴史を動かす英雄的な階級を生み出すというあの階級の讃歌、あの珍腐さかい？ あの妄想、観念の自家中毒かい？ まるで自己矛盾じゃないか。歴史的必然を背負った階級の英雄的な登場と、にもかかわらず窮乏する人民の大衆的無名の大々規模の死だからな。あいつはヘーゲルのように言い変えたよ。無名の英雄たち！ 無名が英雄である死こそ、言い変え以上のなんであるか！

考えてみろよ、なぜ英雄が生れ、なぜ、英雄が慕われ、なぜ、記念碑が建てられるのか。階級の英雄性と讃えられるまでに無名性が変装させられるのか？ 簡単なことなんだぜ。それは自分たちが生きのびるために見捨てた人びとの死を、つまらねえ奴らがなにひとつ負い目もなく歴史のなかに埋葬するためだからだ。甘い汁だけを自分の冷蔵庫にしまっとくための巧妙な方弁なんだからさ。

偉大な人びとの歴史！　へっ、まるでジェラシーと怯濡とナルシスのごった煮だ。偉大だ、偉大だと何万遍叫んで、ついに偉大になった人間なんてひとりとしていない。偉大なのは、生きて、死んだ、なにも語らないただの人間なんだ！

それでもお前たちは叫び続ける。屠殺される牛のように。馬鹿げているぜ。英雄に歴史なんかないんだ！　お前たちは英雄の歴史として死にたがっているだろう。偽者だからさ！　絶対にそうだ！　無名の死を受け入れるのが辛いから、凍える風のように自分たちが消えてしまうのが耐え難いから……。露出狂め！　人の生と死の沈黙に堪え切れないお前たち革命主義者たち、そう、歴史主義者たちはすべて偽者なんだ！

英雄の歴史なんて、悲しいかな、その他人類・史の欠くべからざる補墳物にすぎなかった。太陽は生命の母だというが、ほんとうは、地球の生命なんざ、ごみっかすじゃないのかね。それがむしろ真実じゃないのかね。

英雄というまぶしい光に紛れ込んで、自分たちの兄弟だといわんばかりに無名の大衆の膨大な死を収奪しちまう。英雄は絶対に裏切られるところから記述されてきたんだ。裏切り野郎たちの自己弁護の方便として担ぎ上げられた玩具のようなカテゴリーなんだ。優れた人間たちの、なにかしらほんとうの恐ろしいものを棚上げするための呼称なんだ！

無名戦士こそが英雄であるって言いたいんだろうな。革命のための無名の死の、累々たる犠牲の、その歴史だけは英雄の最後の領土だって信じたいだろうな。だが、こんな馬鹿げた話しがあるかい。なぜ無名の死が英雄なんだ！　そんなものは革命という破壊がもたらす死の、無名の死という恐ろしさに対する完全なカムフラージュじゃないか！

忘れないでくれみんな、俺たちが命を投げ出して戦ったということを！

そういうことだ。へっ、誰だって自分の死が無縁仏だなんて信じたくはないからな。だが歴史は、数百万もの無名の死を現実に強いてきた。それはどこか人間の死じゃなくて、物質の消滅のような恐ろしい暗さを持っているんだ。

だから、ひとまとめにして、英雄だ！　そびえ立つ記念碑を建てろ！

救われるからだ。石っころのようにまっ殺される恐怖から逃げ出せるからだ！　だが、こんなのはウソだ！　絶対違うんだ。数でしか示されない兵士の死、決して名前で示されることのない人間たちの死！　だが、こんなところに問題があるんじゃない！　そんなんじゃ、彼ら一人ひとりの生をとらえることはできない。彼らの死の数だけあった彼らの生、彼らの、もはや誰にも識ることが出来ない生、その彼らの、なにものも語らない痛恨、沈黙している無量の痛恨、これが彼らの死の品性なんだ！

英雄だとか、無名戦士だとか、階級の英雄性だとか、全部、全部、偽善的で、騒々しくて、くだらない！　彼らはただ佇んでいる。それを英雄の歴史なんぞで汚さないでくれ！　英雄だなんてことを頭に描いている奴は、図書室にいる中学生と同じだ。プロパガンダに丸め込まれた革命皇国少年か、田舎の素直な夢想家。全然、なにひとつわかっちゃいねえ！

こうしたペテンにお前たちの決起が耐え得るかね。おい！

一度、お前たちの仲間の女学生を取り調べたことがあったぜ。良子っていったがね、髪の長い、まるで良家のねんねで、鼻のつんとした色白の横顔なんざ、お姫様みたいだったね。じいっとうつむいてなんにもいわない。こういう部屋に引っ張ってゆくと、壁や机からサディスティックな気配が漂ってくるのか、身を硬張らせて、肩がヒクヒク震えていて、それが手にとるようにわかったぜ。男たち三人に背中を押されて椅子にすわる。女は俺たちを軽蔑しているから目がキラリと冷酷なくらい輝いていてさ、その風情にむしょうに気品があったね。それでもただの若い女さ。まるで無防備で、じっと顔をそむけて自分ばかりを見つめている。そうすれば自分を守れるとでも思っているんだな。ところがそういう姿ほど色っぽいものはないんだな。まるで俺たちになにをされるかを知ってでもいるように、かたくなに体を硬ばらせている。そんな肩や首筋や腰はさ、逆に一層、嗜虐的な空想を掻き立てて、俺たちの汗ばんだ視線をスカートやブラウスの膨らみなんかにねっとりとからませてしまうんだ。

　なにも最初からそんな気はなかったんだ。ただ、ほおっーという感じになったから、そんな女を立たせてみたかったんだ。女学生は言われるまま、ゆっくりと髪を掻き上げながら立ち上った。俺たちは胸が苦しくなったものさ。なんでこんな女があいつらと一緒なんだってなあ。俺にはお前たちはまるで馬鹿に見えるが、女たちは逆にまるで神秘に見える。ほら、バリケードの内側にそんな女がいるじゃないか。そういう女が武装解除されて、自分の身を守ろうとすればするほど、そのことが俺たちを挑発するんだ。

　男たちで人形のように囲んで身動きできぬようにして、ボタンを外させ、上着をぬがせたよ。俺は背後から肩越しに下着姿の胸をギューとつかんでいた。得もいわれぬ感触に我慢できなくなって首筋に頬をすりよせてさ、ほらっ、ほらって頬ずりするようにさ、耳たぶを噛んでやったんだ。小柄な色白の体がその度に大きく揺れて、俺はそのまま赤ん坊のようにその体をこうして引き寄せてやったよ。熱い息がもれて、唇があいて、耐えられないような泣き声になって、頬が紅潮して、何度も何度もそうするから、鼻汁や唾が出てきて、もがくようにのけぞってきた。逃れようとする髪の毛が俺の顔をいやいやしながらこすってさ、俺は獣のように髪のなかに鼻を突っ込んで匂いをかいだよ。二人の同僚が跪いて女の腰やふとももを押さえていた。額が汗ばんでくるんだ。苦しそうに逃れようとするんだ。神秘的だったよ。女の魂が感じ始めるんだ。俺は初めてだったんだ。女を抱きながらほんとうに可愛いくてたまらなくなって、可愛いいよ、お前はうんと可愛いいって口に出しそうになったんだ。

女を俺たちが放した時、馬鹿みたいに俺たちは血走って緊張していたんだが、こう、女学生が机にうつぶして、それからキッと顔を上げて言ったんだ。

手の甲で唇についた汚い唾液をぬぐいながら……。

『あなたたちの出来るのはこれだけだわ。あなたたちはあたしになにかしたとでも思って。とんでもありません。あなたたちはただ自分の欲望を犬のように自分で飲んだだけ! 傷ましいくらい惨めにね! あたしはあなたたちと生きちゃいないのよ。あたしがどこに生きているか、フン、わかりはしないのね。おバカさんの汚い男たち!』

そう言って激しく俺たちを見たよ。俺たちはずいぶんと嫌な気分がしたものさ。俺は、お前がかわいそうだから、そうしたんだ、俺たちはお前がかわいそうで、それで、可愛いかったからだって、言ってしまったんだ。

その時、女は、絶望的な、ひきつるような目で笑った。

その瞬間、お前は三人の男に抱かれたんだって、俺は言おうとした。だけど完全に腹が立っちまって、女学生のな、こうやって髪をひっつかまえて、机に顔を押しつけて、なんて柔らかいんだ、首にかけている細い鎖の十字架を引っちぎってやったんだ。

笑わせるんじゃない、意気がるんじゃない、生身になってみろ、ただの男好きのする女じゃないか、って。

突然、悲鳴がして、俺は鼓膜が引き裂かれたかと思ったよ。首筋に薄く血のような条痕をつけて、床に体をぶっつけて倒れ伏し、髪が藻のように広がって、なんてエロチックだったろう、俺は心臓が止まるほど驚いてそれを見て、女は身を震わせて泣いた。

俺は勇気をふりしぼって言ったんだ。それみろ！　お前なんてそんなものなんだ。それがお前のほんとうの姿なんだ。

なにが十字架だ、なにが革命だ。ただ首にひっかけているだけじゃないか！

蓄生、蓄生、だから、全部おかしいじゃねぇか！　馬鹿げているじゃねえか。テロリストがどうして十字架で身を守ろうなんてしてるんだ？

そんなものでしか自分を支えられないところに生きていて、まるで世界の普遍史を担いでもしたように、あたしはどんな犠牲でも恐れないわ！　って叫ぶじゃねえか。

だからさ、お前たちは自由である人間の選択の前に、絶対的な価値だとか言っては、革命と十字架の、普通の人間には火傷するような剣を恫喝的に示すんだ。それだけが歴史を貫く真実で、存在の使命だ、本質だというふうに、にわかには打ち負かしがたい理屈で言う。が、果たして『革命』は人類の最高度の価値、意味、本質なのか？　どうしてもそれは果たさなければならない人間の使命なのか？　だが、恐ろしいことに、そいつは生そのものである歓びを恐ろしいくらい剥ぎ落してゆくんだ。自由、平等、平和……。お前たちの革命のテーゼは、たった一個の命に、そうした観念のために己を注ぎ尽くせと言うが、そんなにまでしなくちゃあ一個の命に意味はないのか？　ほんとうはこうしている俺たちのこの『反革命的』な享楽的な生活にこそ、その陶酔にこそ、この世の意味、世界の本質があるんじゃないのか？

お前たちは、このことをまったく示さない。お前たちが口にする弁証法的な転位の論理で語ってみせてくれよ。お前たちがこのことを欠落させるのは、常に革命と十字架を政治工作の文脈で語り、組織論という「くつわ」によって『存在』それ自身を衰弱させてきているからだ。

生命が革命と十字架の前で逡巡するのは、そういう根拠もなく詐称された歴史的使命という一種の名辞、それによって一個の命、その本質、つまり命そのものが奪い取られるという恐怖からなのだよ！

未来のために生きている？　そういう自己暗示で、いま生きていることを捨象し、それでも何者かであると言う時、それはうそであり、そいつの挫折を物語る以外の何物でもないだろうじゃないか。

十字架をきれいな胸に飾って汚い男たちのものになっている、そういう馬鹿げた矛盾に反吐が出ないのか！　十字架の観念に逃げ込んで、未来、未来、未来と称え、矛盾的合一という特異な革命的夢想に飛び込んで、自分はなにひとついりません、と、たったひとりのすてきな自分さえ捨ててしまう。そんなのが許せるかね、俺は許せないんだ！

ああ、お前たちはほんとうになにもわかっちゃいない。ガキのままだ。生きてゆくってことがどんなにか最高のものか、たとえ惨めに地面をなめまわすしかない境遇だとしても、そこにさえ絶大なものがある。陽が輝いていて、人びとが街を歩いていて、地面はしっとりと足の下にあって、金魚が水のなかを気持よく泳いでいて、父も母も兄妹も笑っている、いいじゃないか、ときには金魚だってあっぷあっぷする。いいじゃないか、新鮮な水を入れてやろう。世界はもっともっとこうしたものの日々の輝きのなかで深められるべきなんだ。

たった一枚の若葉にだって、あの軟らかなまぶしい黄緑色のなかには口では言えないほど、お前たちの観念なんぞはるかに凌駕した真実が孕まれている。

お前たちはメチャクチャだ。どうして人間を階級の敵のようにばかりにらみつけるんだ。階級という愚かさから視線をそらせて、もっと別なものを見せてくれよ。一個の命が何億もの命の責任がとれるかい！　お前たちのやっていることは、思想に名を借りた政治的過剰行為なんだ。思想運動なんて、いつだって実際のところ権力をめぐる運動以上じゃなかった。お前たちが言う最後の革命にせよ、結局のところ思想的＝政治的殺しあいにすぎないさ。だってそうじゃないか。お前たちは思想的テーマをいつも政治的に提出する。お前たちが言う通りに人間は人間を超えられるものか。ヘッ、『政治の死滅』だなんて、そんな夢のようなものに到達し得るものか。到達するのはいつだって政治的死、つまり完璧な死以外じゃないさ。

お前たちの過剰な観念こそ人類の自殺的観念、一種の高踏的な疾病なんだよ。が、最も思想的な革命は最も政治的なしろもの以上には決してならない。革命は絶対に政治的でしかなく、だから最後の革命なんていう『絶対的に思想的な革命』なんて存立しない。政治の化物がついに思想を喰っちまう。これがお前たちの『革命』さ！

そんなもの歴史の進化どころか、ただの悪魔の破滅路線にすぎないさ。数百年の歩みをたった一日の革命が成し遂げるとか、歴史を超えるだとか、思想、思想と言うが、思想のために死ねと言うなら人類は最後の一人まで殺しあわねばならないだろうに！

ああ、完全な人間なんていないんだ。神でさえ完全かどうかわからないじゃないか。まるでネズミの集団自殺！　狂った理想主義による社会的淘汰。マルサス人口論の飢えと繁栄の科学的、形上而学的、粗暴な実行者だ。堪えられんよ。堪えられない。

生命というのは、そこに在る、ものにすぎないさ。それは強いていえば築き上げるものなんだな。捨てるためなんかじゃなく、実現するものなんだ。命という万華のような可能性と陶酔とをだぜ。仕事をする、湯に入る、めしを食う、笑う……それだけ、それだけだ。それだけのものの深さこそが生きていることの意味だ。使命とか、人間の尊厳とか、未来とか、わけのわからぬ意味を馬鹿のように背負わせたところで、絶対それ以上じゃないし、いかなる意味付与も越えたところで意味を孕んでいる。それは一人ひとりの自由のなかで深められ、発見されてゆくものなんだよ。人生ってのは、こういう自分自身に対する発見以上のいかなるものでもないんだよ。一人ひとりのその発見以上じゃないんだ。階級闘争や政治工作が類的使命だなんてお前たちが口にするのは、その生の本質を、生きてゆくことの意味を、愚かしくも政治的に略奪したからだ！

一体、お前たちにそうさせる権威とはなにかね？　マルクスかい？　階級という強迫観念じみた、妖怪のような病的な幻影かい？　未来のために命を捨てろっていうのは、あの十字架と同じ、世の末から聞えてくる珍奇な神様の声かい？

革命ってのは、たったいま、世界のすべてが革命されると思って立ち上るらしいが、そんなものは願望過多の異常心理学にまったくすぎないさ。ドイツ革命、スペイン七月革命を想起しろよ。バイエルン・レーテ共和国戦争の、アストゥリアス蜂起の見事な失敗。ムーア兵によるサーマの虐殺、白色テロで死んだ何千もの娘たち。名前まで、死の絶叫まで記録されているんだぞ。よくはわからないが、ほんとうの革命はだな、俺にもよくわからぬが、『革命』の方法とは全然別個の原理で、全然政治的じゃない『生の深い原埋』でなされるべきなんだ。

俺は絶対、殺しあいによって獲得されたものを信じないし、殺戮に動員するあらゆる思想を信じない。革命されるべきは、そうした思想そのものなんだ！

それが革命のほんとうの権威というべきものだよ！

マルクスはだよ、何人かの子供たちを餓死させたそうじゃないかね。その上でマルキズムは地球上を妖怪のように覆ったつもりだが、それが一体なんだ！　餓死した娘たち、自分の娘だぜ、自分にしか頼れない小さい娘たちだぜ。つまりは資本主義的原理に可愛い娘たちをくれてやって、彼女たちに覆いかぶさってくる資本主義的死から守ってやれず、逃亡し、その上で偉大な人類史の画期的で本質的な把握を成し遂げ、人類に指令を発したというわけだ。

自分の子供のために勝利することはついにできずにだ！

ヘッ、革命という観念が万一、人類から消失したとすれば、生存や尊厳を奪われて餓死した人間たちはそれこそ永久に浮かばれず、次々と永久に打ち捨てられたままで、組織的・構造的に人類は餓死の廃絶に到達出来ないと言ってもいいさ。ああ、そんなことは誰にもわからんことだからな。だがそのためにはマルクスのように、自分の娘の餓死までも捧げなければならなかったんだ。地獄を脱するためには地獄の底の底にまで潜らなくちゃならない。お前たちはそういう問題を、馬鹿にふさわしく安易に飛び越えただけじゃないか。スポイルしたなんて言わないさ。が、たとえお前たちがこれらの悲憤をしかつめらしくこらえていようとも、お前たちの革命のプロパガンダは、その悲憤をすら、まるで裏切っている。お前たちはピエロなんだよ！

実にお前たちはふざけた野郎たちだ。口にするのは人類と自由と愛という観念だけだ。ところが、予言された経済の行き詰まりと世界的な崩壊、その革命への必然的な転化が無残に見通しを外れ、内乱などは決定的に実行不能となったこのプチ近代国家のなかで、ぬくぬくとした幻影のごとき形而上学的繁栄と爛熟する市民社会のこの国で、たとえ民衆といわれる多くの人間たちがずるずると地盤沈下のなかに潰滅し続けてゆくのが確実としてもだな、なお、お前たちの叫び、山上の垂訓もどきの、勝手な痛憤は込められていようがまるで図式化された戦闘用語だけの体系によっては世界の復興なぞ永久に出来はしないのだ。

俺だってマルクスの偉大さくらいはね、認識できてるんだ。

どういうふうに？　ヘッ、革命は絶対不可能である、というふうにだ。

マルクスは世界を恐ろしいくらい明折にしたよ。そしてついに、絶大な自然発生的合理を資本の自己活動のなかに読み取った。しかるにだ、その自然的な合理化、必然的な富の資本化、それらの盲目の必然に対し、ロドウス島の飛躍を強要し、人類の自由による『超克』を指令したんだ。人類のすべての歴史を指弾し、ほんとうの人類史が初めて、革命から、資本主義の打倒から、記されるとまで叫んだ。ところがどうだい。その新たな人類史って奴でさえ、たかだか私有されていた資本の社会化にすぎなくて、私有されていた剰余労働の社会的私有＝共有、すなわち分配の平準化にすぎなかったじゃないか。

富の資本化こそ歴史的経済の進化の過程にほかならず、結局、人類は本質的に労働者でしかなく、より高度な資本の自己増殖過程に飲み込まれ、金融資本が跋扈する高等数学の嵐のなかで、それが許容する範囲内でだけ、少しだけ自由になる、という身の上だったんだ。

そしていつだってそれらを幻惑するもろもろの生産力理論が排泄された。が、それらは結局、誤りだと叫ばれ、生産力理論以上の誤謬に満ちた原理主義や経済に革命妄信を混入させるか、回路もない道徳的農本主義か、倫理的規範か、ひたすら我慢するという経済の低迷に対する共犯者的連帯感を強調するかに終っているんだ。

人類史のほんとうの第一歩が、社会の総資本を死に至らしめない程度の、総利潤の最高度の分配の平等性だなんて！　結局のところ資本過程のなかで単純数式化された利潤の社会的共有でしかないのか！　ああ、それでさえ実に革命的な出来事だ。俺は資本論の一巻しか読んでいないが、その平等な分配と共有という、人類の『最低の地平線』の構想でさえ、まるで永遠の解放であるかに幻惑されて涙ぐんだほどだったよ。

マルクスは人類史で初めて、人類が立っている飢えという泥沼を示し、それを押し固めて強固な実りの大地を築くべきだ、と指摘した巨大な科学者だったとしてもいいさ。だがしかし、それが、そのことが、結局のところ経済の共有でしかないそれが、初めて人類が人類として生き得る自由なのか！　それが歴史的盲目に向かって打ちつけられた人類の自由という、普遍的な意思なのか。そんなことが！　なぜ、何世紀を費やしてもできなかったんだ！

マルクスはその地平線を人類に見せてくれた最初の男だったよ。だがその地平線上はいまも、変りなく灰色の創生紀の空だ。結局のところマルクスは歴史的原理に従って歴史的原理の共有を示したに過ぎないんだよ。資本の増殖過程の普遍化を、まさに科学的に証明したんだ！

だが、ここからが混迷だ。マルクスによって目を見開かされはしたが、これまで一度たりと解放されたことのない人類は、その先をどう生きたらいいかわからない。

自分たち自身の歴史を未成の実験場とするしかなかったんだ。

そこからもろもろの革命路線の陳腐さが出現する。ブルジョワ民主主義を越えた普遍的民主主義の実現であるはずのプロレタリア独裁は、やがて革命路線に混入する幼児性によって、すべての生産手段の国有化やら、国家独占資本やら、前近代の農本主義やら、修正主義やら、その他無数の極端なエピゴーネン（まがいもの）たちによって混乱し、いまや高々度資本主義と革命経済とが踵を接し、互いの穴ぼこだらけの地面を指弾するにすぎない有様となった。

マルクスの裏切りはここにこそあるんだ。あいつは自分が示した以上のものを人類に向かって叫んだんだ。『革命』と言いさえすれば、『革命経済』と言いさえすれば、まるでそれこそが人類の偉大な進歩であり、ほんとうの、犯すべからざる『自由』であるかに、新世紀であるかに、ノイエ・ツァイト（新時代）であるかに、イスクラ（火花＝レーニンの編集したロシア革命政党の機関誌）のごとき妄想の作裂でもって、人類の積み重ねられた厚い失望のハートを、その鉛の胸板を貫いたことにあるんだ！　根拠のない空想でもって！

お前たちはマルクスの裏切りを知らない。お前たちは、マルクスがそこで裏切った灰色の空だけを見て、その空に向かってまるで根拠のない世界経済の夢想のスローガンを叫び上げる。ソビエト（人びとの民主的な評議会）万歳！　コンミューン万歳！　完全な共有を！　自由と愛と平等！を　だが、お前たちに世界経済を渡してみれば、世界総資本の胃袋に飲まれて革命的労働強化か痴保的な計画的経済のどちらかにひっくりかえっちまう。お前たちは『革命』によって世界の復興を誓っているくせに、その復興の熱情は子供じみた自由のきかない狂信と同じだから、ただただ真情から発せられる『革命』という夢だけにすがっちまう。

しかも経済のヘゲモニーは政治という子供を孕んでいるから、経済の革命は政治の革命、経済と政治の解放、それら二つからの人類の自由が直感的に夢想される。だが、経済における誤謬は政治における同じ構造的誤謬を導き出す。ソビエトもコンミューンも、人民による人民のための評議会という最高々度の民主化であり、自由が自由に存在し得うる究極の制度、制度さえ超えた制度として（なぜなら内容のすべてが実現されるなら内容と形式という自己対象的な疎外は超えられるから）イメージされたのに、マルクスもレーニンも、そうしたよだれが出るほど恐ろしく民主的な像を描いてみせたよな。だが、政治こそ政治的に打倒する以外になく、政治的打倒などによっては決して消滅し得ないものだったんだ。

政治が自ら死滅してゆくとか、そんなことはまるで地球が気体になって、それでも人類が生息できるような、考えつくせないほど遠いイメージで、多分、観念と同じぐらい儚い幻なのだ。

政治が自身の内部から全然別個の生物に喰い殺されてゆくとか、政治が変容して存在する無に転位されるとか……。いいか、政治は権力を生み、権力はどんな体制でも生き延び、成長し、いつしか、革命が無謬であるというなら一層、無謬の権化となって人びとの前に君臨する。トロツキーをメキシコで暗殺し、多くの革命同志を獄中（ラーゲリや精神病院）に追いやっただろう！

なんて悲しいんだ、お前たちは！

こうした『革命』の夢想が、現実には打ち叩かれる者と撃破する者との血みどろの突喚のなかに、非人道的な抗争と破壊のさなかに馬鹿げた純情さで抱かれているなんて！

しかも『革命』なんぞ目下は、いや『最後の革命』まではともいえるが、それこそ永遠に革命は、という証左じゃないか、まったくの政治的政治（権力奪取のための権力闘争）にすぎぬから、革命が孕む暴力的な力によって閉ざされてしまう自由を、革命が実現するほんとうの自由への入り口だなんて詐称する。

すべてお前たちの行為は人間的な高揚に名を借りた幼児的ヒステリーで、こうした革命が持つ裏切りに気づいた奴は、永遠の急進派として日輪信仰のような白痴的邪教へ、テロルへと転戦して自分たちの錯誤を覆いつくすんだ。

そして政治と経済の革命幻覚は、ついには思想的幻覚に結晶して、『革命』をどこからも無謬かつ無敵に保存しようとする。この三位一体こそ、お前たちの妄想の輝やける白光であり、無知なる歓びと狂気の最後の砦なんだ！　ここでもお前たちは気違いじみているんだ。なぜなら、お前たちは政治や経済で無敵であると信じ切っていると同様に完璧な思想的勝利を手にしたと確信してしまっているからだ。しかもその勝利たるや、政治・経済戦線で奪取した権力の直接的援護によってかろうじて維持されるにすぎないにもかかわらず、まったく普遍的で、全哲学史の総止揚だと叫ぶほど卑劣な政治的勝利に堕している。お前たちが思想的勝利などと言っているのはむしろ、誤謬の怖しく深いところから差し込む夢魔のような赤い光にすぎないんだよ。

誤謬はいつだって魅力的で悪魔的だがね、お前たちの誤りは人類がかつて持ち得た誤謬のなかでも最大の誤謬、つまり思想と名付ける体系的思惟の至上原理、すなわち論理的に敵を打ち倒したという論理的勝利という奴で、しかもその切っ先は永遠の彼方の論理矛盾ぎりぎりの『弁証法的』という極肥大する夢想なんだからだ。

この理論的ペテンの論理性よ！

お前たちは『人類』という奴を持ち出す。誰もが決して証明できない類的存在だの、普遍的本質だのと存在規定を突きつけ、その人類思想によってほかならぬ人類を貫きつくそうとする。

人びとは輝かしい撃烈なその白光を目に受け、失明し、人形のように盲目となって『類』に向けて脱出におもむく。前方には白光を反射した銀色の鏡面のような沈んだ湖が現われる。長蛇の列は突撃を止めず、瀑布のように湖水に飲まれてゆく。つまりは時の湖水を埋めつくすだけの屍が湖底に堆積する。領域もない銀色の不可知の『時間』の湖面を渡るには、湖面を埋めるほどの無数の屍だけが極限の有効性で唯一無二の方法論となるからだ。

こうして対岸が存在しない『革命』渡航は、限度のない屍の数を累々と湖底に積み上げることになる。そうじゃないか、革命がしてきたことといえばそういうことじゃないか。『革命』は、まだ一度だって証明されていない！

そしてどんな思想でさえ、それが勝利したとあればその直後から変質してゆくものだ。なぜなら思想は『時』の流れに打ち入れた人間たちのくさびでしかなく、どうあがこうとも『時』の方が勝利しちまうに違いないからだ。思想はなぜか珍奇な解体現象を起す。風俗に対する思想の戦争、勃興する風俗に対する末梢的な過剰防衛の戦争が始まる。ついには長髪が最も重大な犯罪にさえなるかもしれん。まるで漫画、ペテンだろう？

そのとき投げつけられる『反革命』という烙印は、かつて『非国民』という言葉で平和主義者たちをののしった、あの国を思い起こすようだ。

結局、お前たちの行先はどこか！　フン、お前たちは必ずや自らのために限りなく思想的な死か、過剰な思想性によって思想的な犯罪を止むことなく排泄し続ける。観念はひたすら純化するからだ。長髪やカラーシャツの着用が、厳格なイスラムでなくとも、まるで宗教的ともいえる思想の優位によって死刑にすら価いする、と判決されることもあるだろう。すべての人間の趣向の上に突然、信じられない思想的鉄槌が、断罪が、困惑のなかで下される。

カリカチュアの蜘蛛が這い出るわけだよ！　思想は地上最大の貪欲な生物で、人間のありとあらゆるものの上に、たとえば歯の裏のタバコの汚れにまで絶対的な君臨をほしいままにする。父も母も、子も親も、母も娘も、夫も妻も、ひたすら類的存在として貢献すべき『世界価値＝革命防衛』の名のもとに引裂かれ、通牒され、ラーゲリ（強制収容所）へ、ついには殺害にまで駆りたてられる。思想がただちに政治的勝利であるお前たちの永遠の『革命』によってだ。

女は自分の子供を持たず、家庭は最も直接的で生々しい裏切りの党派闘争の舞台となるだろう。激烈な『革命防衛』という白光が距離もなく人びとを照らし出し、人びとは呪われたように自己矛盾の桎梏に呻吟し、こんなことではなかったと、かつて思い描いた美しい夢を無残に喪失してゆくんだ。そうじゃないのかね？　苛烈な革命政権によって犯罪は一層、思想的になり、重大化し、そうやって思想は、つまりはイデオロギーは、どんどん犯罪を創出して人びとを追いやってゆく。これが思想の勝利、お前たちの進歩という奴じゃないのかね。

おお、これこそ、かの独裁スターリン主義じゃないのか。

結局のところ、どこまでいっても『万人を愛する』という思想としての自由や平等や革命なんかがもたらすのはこういうことだ。そうなるしかない。一度だって新しい関係が、人間の魂の新しい関係が、これら革命によって築かれたことなんてなかったんだ。

そうだ！　人間の関係に進化などあるものか！　あったのは深めることだった。

人間は互いを人間に深めて来たんだ！　関係を関係に深めて来たんだ！　生活を生活に

深めて来たんだ！

まるで思想的でない愛や平等や自由によって！

実にたまらんよ、まったくたまらんよ。俺にも実際のところ、よくはわからんのだがね。こうしてお前の肩に手を置いて、お前の息づかいを感じながら、こいつは生きているんだな、と思ったりすると不思議な気持ちになるよ。口惜しいだろ！　悲しいだろ！　違うって叫びたいだろう！　ほんとうを言うとな、俺の方が悲しくなるんだぞ。お前たちが絶望して、それでも助けてくれって叫んでいるように思えるんだぞ。だけどなあ、お前。お前たちが不幸にしてきた娘たちもいるんだぞ。どんなに想ってみても、お前たちは約束だけしか、仮の約束だけしか出来ないんだぞ。結婚して幸せにしてやる保証はないんだ……。

お嬢さん、わしは若かったものじゃ。『あなたは家出した兄さんのようだ』と漏らしてしまったよ。肩に彼の両手が乗せられていて、その重みが息苦しくて、わしは混乱した。肩の手が離れてくれたなら立ち上って必死で罵倒しようとしたかも知れぬ。じゃが、あの両手が、彼の生温かななにかが、わしの心を砕いた。きっとわしの体のなかにも同じ血が流れていることに気がついていたからじゃろうね。昔、わしの兄さんは映画鑑賞サークルだという『銀幕会』や官憲の虚を突く『万葉集を読む会』を結成して活動したんじゃ。じゃが、みぞれ降る日、ふらりと出かけてしまった。革命運動を偽装したサークルにはひとりの女性が参加していたが……。

ふむ、そうじゃ、誰もが求めるものをわれも欲す。じゃが、自分ではなく、誰もがそうなるために、そのためにわが命を捧げる、それが革命への献身なんじゃからね」

横座りになっていたお姉さんは、キラリと強情そうで魅力的な視線をおじいさんの方に向けました。重苦しさから、いまは離れていたいっていうふうにも見えるのです。

「おじいさん、いつか、あたしたちは反駁できるわ。きっとね。……そうだ、あたし、とってもステキな言葉を知っているの」

「ほう、どんななんじゃい、それは？」

「インドシナが解放されたでしょ。あの時、プノンペンに入城した解放軍兵士を取り囲んで、女の人が抱きつくみたいにキラキラした目で兵士に話しかけていたの。そのなかの風に舞う白いアオザイ姿のひとりの女の人が、ベージュ色のひらひらする帽子の陰からモデルさんのように美しくて上品な微笑みをしてね、『あなたたちったら、とっても可愛い』って言ったの。信じられる？　ほんとうにそう言ったのよ。足元には死体がごろごろしていて、プノンペンの街道には政府軍兵士も、解放軍兵士だってたくさん死んでいたのよ。なのに数時間たって戦闘が終わってしまったら、まるで恋しい人を見つけたみたいに、あなたたちったら、とっても可愛いいって言ったの。ねっ、可愛いいって言うんだよ、すごくきれいな笑顔で。ほんとうなんだ。

そのときあたしは思ったの。そうだわ、あたしたちだって、いつかは、あたしたちの誰かがそう言われるわ。あたしたちの一番おしまいのたった一人がそう言われるなら、あたしたちは誰もかれも、死んだ人も、みんな愛されているんだ。死んだ人も生き返って歩きだすの。数え切れないほどいろんな道から突然、広場に現われて、あっ、あなたもいたの、なーんだ君もいたのかって抱きあって、誰だい、誰が一体、可愛いいっ、なんて言われたんだい？　って探しまわるの。やっとその人が見つかるとみんなで冷やかすの。なんだ君は一番いい役だぜってね。その人は照れちゃって、ごめん、ごめんって謝るの。

とっても可愛いい、って言ったモデルさんのように美しい女の人はビックリして、次々と現われる男の人の腕をすりぬけながら、『ねっ、あなたの名前を教えて、あなたの声はとってもステキ、あなたの目はどうしてそんなに透んでいるの？　ねえ、なぜあなたは口ごもったりするの？　あなたたちって、ねえ、どうして、どうしてなの？』って言うの。ステキでしょ。あたし、とっても可愛いいっていう言葉を信じるわ。あたしたちは誰もかれもいつかはそういう言葉で愛されるわ。そういう人たちに迎えられるわ」

「あっは、お嬢さんはステキじゃよ。わしの心臓を革命するくらい無敵じゃな。ステキじゃ、ほんとうにステキじゃよ！」

おじいさんが愉快そうに笑い出します。つられてお姉さんも笑ってしまいます。体をしならせてまばたきして、顔を見あわせて、立ち上がって笑うと、おじいさんの目に涙が出てきて、おじいさんが笑いながらむせて、お姉さんの髪を照れたように強くなでるのでした。

第四章　それぞれの思い

1　「少年英雄」の決意

「おい純子、おかしいね」

「なあにがあ?」

「だってさ、雲がね、お陽さまの方へ流れてゆくもの」

夕暮れはいつも驚いたようにこの海辺の丘を朱に染めて訪れるのです。

弓の形にしなう砂浜にぐんと突き出た岬のあたり、砂山の草が剥げ坊主になった先端にズックが並べて置かれていました。砂丘の片隅には青々としたコウボウムギの草地が広がって、薄いピンク色のハマナスの花も咲いています。日中はよく手前の草地で遊んでいます。ときどき草地のなかに象牙色の砂地がぽっかりと空いていて、とてもきれいなその砂をズックに盛って、さらさらと桃色の花弁にふりかけます。砂山の頂上を越えると少し下った先の疎淋の奥から学校の白い校舎が輝いて見えます。光が反射して、魚の背のように青い海としっとりとした緑のなかに、なんだかぴったり溶けあっています。それらはやがてパノラマのような空に、まるで広大な量感をおびた空に浮かび上ってゆきます。海に孤を描く水平線が地表のどんな群青よりも群青な色彩で、どこにもない深いマチエールで額縁に掛けたリボンのように見えます。

ちょうど手にとれるくらいの沖に橙色の夕陽が輝き始め、バラ色に染まった絹の雲が夕陽に引き込まれてダイナミックに扇状に大空に広がっていました。夢のように静止する遠近法です。思わず海辺を散歩していた人も自転車を止めて眺めるほど神秘的なのです。すっかり晴れ渡った日の夕暮れは黄金色の溶け出した金属があり、そのすぐ横に網膜が焼け焦げたように赤紫色の丸まった斑点があり、その横から薄く幻灯のような雲が一筋、上空へ、永遠の航路へシュールリアリズムの絵のような軌跡を描いて浮かんでいるのです。まるで夕空は薄く広がったもうひとつの海のよう。遠くまで透み渡って、夕陽の巨大な中心点の光量だけがあまりに激烈で、海辺の木や草や砂丘や子供たちの髪にまであふれているのでした。

「あたし、馬鹿な女め、って言ったあんたの言葉は忘れないわよ」

「フン、だってさっきベソかいてたくせに」

「ううん、あたし先生にきっと言うの。一郎君を『赤い良い子』に選ぶのは違うと思います、ってね。この人は自分勝手です、って」

「だって先生が僕を指すんだぞ、きっと」

「でも、だめ。あたしがみんなに言うんだもの。絶対、あんたは選ばれないの」

「じゃあ、純子がなるの？」

「違うわよ。だってあたし、自分で断わるんだもの」

「フーン？」

「偉いでしょう？　だってあたし、まだ、誰にも親切な子じゃないし、良い子なんかじゃないわ」

「チェ、お前なんか大嫌いさ。あっ、あそこの金色のお陽さまの隣、緑色の粒々が飛び出して見えた」

「それはなあに。どこう？」

突然、一郎君が足をバタバタさせて腰掛けている砂山の崖淵から身を躍らせようとしました。

「ぼくはもう死ぬんだ。女の子に馬鹿にされた男は死ぬんだから、死んだら純子には見えないお陽さまのそばに見える緑色の粒々になって、どんなにあやまっても許してあげないで、そのまんまお空に昇るんだ」

純子ちゃんが、馬鹿みたい！　と言いました。

「おい純子、フン、大きくなったらなんになりたいか、言ってみな。お姉ちゃんはいつもぼくに、言ってみてって何度も言うんだ」

夕陽が蜃気楼のように膨らんでいます。

「そうね、あたしはね、看護婦さん！　なぜだかあ？」

「知らないさ」

「あのね、あたしが看護婦さんになるとね、傷いた人たちに、元気をおだしなさいったら、ね、男らしくないわよ、あなたったら、って言ってやれるからあ」

「ふうん、そう言うの」

「そいでね、にっこりと笑って、その男の子を見てあげるの。するとその男の子はね、『ああ、どうかぼくのお稼さんになって下さい』って言うの。それであたし、『そうね、でも考えさせて頂だい。だってあたし、このくらいの傷にがまんできない男の子は好きじゃないの』って言うの。するとね、男の子はこう言うわ。『いいえ、ぼくはがまんします』って。それであたしは『そうよ、それが賢い人というものだわ』って言って、今度はまた別の人のところへ行って励ましてあげるの。ね、ステキでしょ。あなたは？」

純子ちゃんが可愛らしい顔をにこにこさせて、今度は一郎君にたずね返しました。

一郎君は、ちょっとすねたように横を向きました。

「ぼくは立派な人になるんだ。なんでもがまんできる、強くて賢い人になるんだ。もうお姉ちゃんにだってずっと前に言ったんだ」

「それはどうゆう人？　あたしがいま言ったみたく？」

純子ちゃんがのぞき込むようにして言います。

「違うさ。だってぼくだもの。ぼくが立派になると、お前なんか全然、ダメなんだ」

クスッっと笑うのが聞こえます。両足をおなかの方に引いて、小さくなって膝小僧を抱きしめて、純子ちゃんは海の方を見つめています。

「ねっ、木下先生って好き？」

「別に」

「誰が好き？　一番に好きだと思う人！」

「わかんない」

「ふうん、わかんないの。でも、たとえば、あんたのお姉ちゃんとあたしとどっちが好き？」

「知らない」

「フッ、あなたをちょっぴり好きだっていう女の子がいるのにねえ」

純子ちゃんが一郎君の前に顔を突き出して挑発してみせます。

「ねっ、結婚はお見合いがいいと思う。それとも恋愛がいい？」

「愛していれば同じさ」

「はあ？　あんたって……」

純子ちゃんが驚いて首をかしげます。

「ぼくは神様を見たことがあるんだ」

「ええ？　ウソでしょ」

「ほんとうだもの」

「どこで？」

「あそこ。あの海と空のちょうど真中」

「浮かんでいたの？　ねえ、ウソでしょう」

「ほんとうだったら。最初はお陽さまの綿くずがまるまっているみたいで、なんだろう、って思ったんだ。白っぽい固まりが浮かんでいるもの。空にはちょっとだけ雨の雲が出ていて、その下は海さ。そのあたりをようく見ていたら、あれっ、神様なんだ！　杖をついて、白いひげで、白い布を着て立っているんだ。じっーと見ていると、毛糸の球のようにボーッと見えなくなるんだけど、ビックリしてまばたきしたらまた見えた。でもだんだん前より薄っぽいんだ。またボーッと見えなくなって、まばたきしたらまた見えたけれど、今度はもっともっと薄いんだ。また見えなくなって、三回まばたきしたら、ほんとに薄っぽい姿になって、そしたら、神様の着物がめくれているみたいなんだ。またまばたきしたけれど、なんにも見えなくなっちゃった。遠くまでお空と海が続いていて、なんにもなくなっちゃったんだ。雲みたいだったけど、もしかしたら仙人かもしれないし、でも、お顔がよく見えないんだ。黙ってじっと立っていたんだけどな」

「へんなの。パパが言ったわよ。神様ってそうゆうんじゃないんだって。ねっ、神様っていると思うか」

「いない」

「ああ、つまんない。パパがねえ、神様って人間だって言ったわよ。人間の胸のなかに住んでいて、誰のここのところも神様のお家なんだって。パパがね、神様って、胸のなかの光が温かいみたいな黄色になって、その胸のところの光が体中に広がってゆくと、顔や手足が変って、神様がその人のなかに現われるんだって。パパが言うにはね、誰れでも人は神様になれるんだって。あたしたちみたいな小さな子にそれが一番よくわかるんですって。だから、パパはね、あたしに、気をつけて人を見ていなさいって言うの。自分の目の前の人がいま神様になっているかも知れないからっ、て言うの」

「ふうん。じゃあ、純子は神様を見たのか」

「わかんない。多分、まだよ」

「フン！」

一郎君が顎を突き出して知らんぷりをしました。純子ちゃんが、急にうれしそうなふくみ笑をして一郎君をのぞき込みます。

「ねっ、あたしの宝物、見せてあげようか？」

色白の純子ちゃんの顔がひとりでにうれしそうに揺れています。腰のところが土遊びで汚れたままの空色のジャンパースカートのポケットに両手を突込んで、なにかを引っ張り出します。クッと笑って、嘆息をついて、膝を立てたスカートの真ん中に握りしめた手を押しつけました。

「あっ、沈んじゃう。ほら、海にこぼれちゃう！」

一郎君がビックリするほど大きな声で沖を指差しました。ちょうど水平線の薄暗い帯のなかに、半熟玉子の黄味がまぶしく輝いて黄橙々の黄味をとろりとこぼしながら沈んでゆくところでした。一瞬のうちに溶けた黄金色の輝きが水平線の上を横にすーっと広がります。それから真赤な鱗みたいな金色の一筋の道が濡れた炎みたいに海面に伸びて、波にゆれて、金色の橋のように一郎君たちの砂山の突端と沖の夕陽を結び、砂丘のあたりを赤とオレンジの入り混った金色でメラメラと炎上させました。

雲は赤紫色の靄の膜のようで、その雲の縁が舌でなめたように金色に溶けかかっていて、頭上の空はすっかり空色から群青色へと染まっていました。かすかに星座が見えます。水平線はもう燃えつきる遊星の最後とばかり赤く濃く純粋な色光と化して火の矢となって輝きます。

一郎君も純子ちゃんも、思わずまぶしくて目をこすりました。

「まぶしいや!」

「すっごくまぶしい」

二人はキラキラする瞳を見あわせて笑い出します。純子ちゃんの髪毛の先が軟らかな金色に燃え上っています。二人の顔は強いオレンジの光が縁どる陰影でピエロのように膨らんでいます。瞳のなかには茶色と黄色がマッチの炎みたいに燃えていて、まぶしそうに笑っている純子ちゃんの顔を見ると、開けた口は虫歯を抜いた歯っ欠けなのです。いつか純子ちゃんは一郎君にキスしようとしました。その時の純子ちゃんを思い出したとき、急に「少年英雄」という言葉が一郎君の頭のなかに輝いたのです。

今朝の木下先生の授業がよみがえってくるのです。

木下先生はいつも笑っているような明るい先生です。今日はいつもより少し遅れて教室に現われました。背を伸ばしてすうっと教壇に向かって歩いていって、黒板に教員室から持ってきたチョークを三本置くと、くるりとみんなの方に振り返ります。とたん、また、いきなり笑い出すのです。吉男という少年がどうして笑うのか、手を上げて質問しました。

「だって、そのう、皆さんの、もう、いかにも真剣そうな顔を見ると、なんていうのかしら、恥ずかしいというか、とにかくとってもおかしいの」

「そんなのないや、変です！　ねっ」

「そうだ、そうだ、木下先生はずるいです」

一斉にクラス中が叫び返しました。

「ごめんなさい。皆さんが怒るのは正しいわ。あたしが馬鹿でした。でも、ほんとうに、だってまだ小っさな、ううん、やっぱり先生がいけません。あたし、一瞬、みんながとても恐かったの、かなあ？」

一郎君たちが、いたずらをする時のようなニヤニヤ笑いをして、困っている先生を見返してやりました。

「皆さんの可愛いい目がみんなしてあたしを見ていると、それは恐いものよ、ほんとうに。鏡をピカピカやられるみたい」

そう言って、木下先生はいつものまぶしげな微笑で机の上の厚い封筒を開いたのです。

「ねえ皆さん、いいこと、このお手紙はね、ホーおじさんと、いまの国家主席のトンおじさんからのものなの。南ベトナムの子供たちに出されたものだけど、あたしたちにも送ってくれたのよ。いいこと。

『心から愛する皆さんへ。ホアン・レ・カ学校の皆さんがこの中秋節にさいし（これは子供たちのおまつりの日ね）、わたしたち二人にあてて送ってくれた手紙を読んで、たいへんうれしく思い、また、とても感動しました。皆さんは、わたしたち二人のことをよくおぼえていて、そして国が統一される日を待ちのぞんでいます。北ベトナムの同胞たちと同じように、わたしたちは南ベトナムの少年少女をたいへん愛しています。（そしてあたししたちもですって）祖国の独立と自由、そして子どもや弟妹たちの未来と幸福をめざして、アメリカとその手先たちを追いはらうため、南ベトナムの同胞、君たちの父さん、母さん、おじさん、おばさんたちは、はげしくたたかっています。君たち南ベトナムの少年少女たちも（そしてあなたたちもね）、父さん、兄さんのあとにつづいて抗米救国に貢献するようになるでしょう。わたしたち二人は、君たちが、家の生産活動をたすけ、通信連絡の仕事をし、防空壕を掘り、落し穴用の抗をつくり、父さん、おじさんたちの戦闘村をつくるのをたすけるなど役に立つことをたくさんしていると聞いてとてもよろこんでいます。そしてわたしたちは、君たちが、敵の兵隊がしばしば村を掃討し、飛行機が学校を破壊するなどきわめて困難な環境のなかでもしっかりと努力し、勉強しているのを知ってたいへんうれしく思います。君たちの多くは、英雄的な南ベトナムの子弟にふさわしく、勇敢で、聡明です』

まあ、なんてステキなお手紙だこと。ね、そしておしまいにはね、『君たち一人ひとりが少年英雄になるように。わたしたち二人と北ベトナムの同胞、少年少女は、君たちに心からの口づけをおくり、そして君たちの先生、両親のみなさんに親愛なるあいさつをおくります。ホーおじさん、トンおじさん』って書いてあるの。

さあ、皆さん、ホーおじさんとトンおじさんにご返事を書きましょう。ぼくたちは元気です。あたしたちはおじさんたちのことをとてもよく知っています。いつまでもお元気でっておしまいに書くのよ。ね、海を越えて、遠くの立派な人たちのお国へみんなでお手紙を書きましょう。今度はおじさんたちや、それからもっとほかのたくさんのお友達からもお返事がくるわ！」

木下先生は写真をたくさん黒板に粘り付けました。友達は目を丸くしています。

「ほら、この子がトウーちゃん。この子がホアン・ティ・フィエンちゃん。みんな可愛いい女の子でしょ。ほら、ピストルを持ったお姉さんがビールをつくっています。ここには、おじいさんたちがヘルメットをかぶって高射機関銃を大空に向けているでしょ。変よね、でもステキよね。ね、いいこと、皆さんはとっても明るくて、賢い少年少女英雄にならなければなりません。お父さんやお母さんやおばさんやお姉ちゃんやお兄ちゃんの言うことをよっく聞いて、どんなことでも、決して怖がったりしてはいけません。

いいのよ、思いっきり遊んでいいのよ。いいえ、うんとうんと、この学校が割れるくらいうんと遊んでいいの。そして怖いことがあったら、目を大きくあけて、お父さんやおじさんの言うことをちゃんと聞かねばなりません。そして、自分でね、どうしたらおじさんたちの役に立てるか、そのことを考えるの。自分のできることでいいの。弱虫になったり、甘えん坊になったりしてはいけません。あなたたちは、みんな、少年少女英雄にならなければなりません。しっかり勉強し、しっかり物事を見つめ、しっかり考えて、役に立つ、聡明な、明るい、可愛いい少年少女にならなくてはなりません。

大人の人はみんな、あなたたちを愛しています。一番にあなたたちのために恐ろしい人たちに向かって戦っています。そして、あなたたちの将来に心から期待しています。一人ひとり、立派な英雄になることを祈っています。あなたたちが立派な振舞いをすれば、お父さんも、お母さんも、おじさんも、おばさんも、一番うれしがります。あなたたちはみんな、みんな仲良く生きましょう。手をとってダンスをするように。助けあって、立派な小年少女英雄として大人の人たちに応えましょう。そしてこの世の正しいことのために、勇気を持って、やさしい心で、立ち向かってゆける人になりましょう。

誰からも愛される人たちは、みんな立派な人です。誰からも愛され、誰からも手を差しのべて接吻を贈られるような、そしてみんなでダンスするように手をつないでゆける大人になりましょう。それがあなたたちの革命家の未来です。

もう少し大きくなったら色々なことがわかります。悲しんでいる人たちや、一生懸命生きようとしている人たちがいます。自分の利得のために好きなことをして人びとを笑っている嫌な人たちもいます。どんな時でも、勇気を持って、守らねばならない人たちを守り、どんな嘲笑にも堪えねばなりません。人の心を大切にし、喜びを持って人びとを見つめ、優れた人たちといっしょに立ち上り、歴史を築き、未来を支えねばなりません。

わかりますね、やがてみんなわかります。お父さんやおじさんたちがやっているのはこのことです。いっぱいの悲しい出来事があります。お父さんが亡ってしまったお友達もいます。お母さんが帰ってこない女の子もいます。けれどわたしたちはひとりではありません。亡くなったお父さんはいつもわたしたちといっしょに微笑んで、あなたたちを見つめ、あなたたちの将来をいっしょに待っています。誰もがひとつです。淋しい人には何人ものお父さん、お母さん、お兄ちゃんがいます。亡くなったお父さんはきっと帰って来ます。あなたたちが立派な革命家になった日に、もどらなかったたくさんの人たちがあなたたちのもとに帰って来て、きっと、息ができないくらいあなたたちを抱き上げてくれます。

……」

木下先生は、まばたきをして声をつまらせました。みんなをキラキラとあふれてくる瞳で一人ひとり見つめます。みんなは黙って先生が自分を見つめる目を見ています。木下先生は教員宿舎にひとりで暮しています。遠くからやって来た一番に若い先生です。一郎君たちが誕生日に訪問したら、とってもうれしがって笑ってばかりいました。まぶしいくらいに白いシャツがふくらんでいて、胸に笑いながら女の子を飽き上げると、女の子が気絶したみたいに先生のうなじに顔を埋めます。「先生ってママみたいな匂い」って女の子がつぶやくと「あら、あなただってミルクみたいないい匂い。あたしの子供にしちゃおうかな」と言い返すのです。

一郎君はしょんぼりしてスカートの上で小さなロケットをいじっている純子ちゃんに気がつきました。

「それ、なんのロケットなんだ?」

「……どうして黙っちゃうの」

純子ちゃんが顔をあげずに答えます。小っさな手で、耳のところの髪を掻き上げます。

「だって考えていたんだ。僕、きっと少年英雄になる!」

純子ちゃんの目がキラキラと輝きました。

「うん、そいで、あたしは看護婦さん」

「うん、僕は女の子と赤ちゃんを守るんだ」

「あたしも?」

「あたりまえだ。もっとたくさんの女の子もだ。たくさんの赤ちゃんもだ。お母さんたちもだ。犬のチロもだ。おじいちゃんたちもだ。もっともっといっぱいだ。全部だ。きっと僕は、どんなことをしても守るんだ」

「そしたらあたし、あんたと結婚してあげてもいいわ」

「それは別なんだ。もっと愛しているかどうか考えるんだっから」

純子ちゃんが首をすくめて笑い出します。

泣き止んだ子がパパに甘えているような目つきをしました。

「だっからだって、お馬鹿さんね」

すっかり日が暮れてしまっています。暗い海面に時々、灰白い波が浮かんで見えます。にがいような潮の香りが沖の方から流れてきて、岸辺に打ち寄せる小波の音が急に周りを海がつぶやくように包み込んでいました。

「もう帰ろう」

「いやっ」

「もう真っ暗じゃい」

「見ないの？」

「なにを？」

「宝物。パパの机のなかから持ってきちゃったの」

「ロケット？」

「そう。でも、もう開けても見えないわ」

「なにを？」

「ママよ、あたしの」

「ふうん」

「帰る？」

「帰る」

「手をつなごう？」

一郎君が笑って純子ちゃんの左手を握りしめました。

「違うの、こう」

純子ちゃんが指を絡ませるように一郎君の指を指と指の間にはさみ込みます。二人は暗くなった海岸道路に向かって砂丘を下り始めました。ロケットのなかのママの顔を見せることができなくて純子ちゃんはちょっと寂しかったのかも知れません。でもがまんしました。

「パパがねえ、いまごろきっと、お夕食つくっているわ」

一郎君と純子ちゃんは、海岸通りを折れ、市の中心部に向かって伸びている街路に立って「バアイ」と言いあいました。

一郎君はしばらく立ったまま、手を振って帰ってゆく純子ちゃんを見送っていました。ふと、「純子のパパかあ」と思います。一度、ボサボサの髪を掻き上げながら変てこな靴を履いて立っているパパに会ったことがあります。純子ちゃんが一気にパパのところまで駆けていって、勢い余って両手で腰にしがみついて一周し、顔を折るくらい曲げてパパの顔をうれしそうに見上げるのです。そして、くるっと一郎君の方へ向き直り、パパに背で寄りかかりながら「憎らしいくらい」にっこりと誇らしげに微笑んでみせた女の子の顔！

一郎君は「チエッ、チエッ、チエッ……」と十回も夜空に向かって叫び、ころげるように駆け出しました。

「ああ、ああ、明日はパパが軍事委員会から帰るってママが言ったんだ。お姉ちゃんも帰るって言ったんだ！」

2　宿営地の朝

早朝の宿営地はうぐいす色にかすんでいます。お姉さんがテントを抜け出して昨夜の丘の上にひとりで立っています。ああ、夜明けってほんとうに不思議だな。いつも宇宙的なんだ。予兆のようなんだ。みんなまだ眠っていてなにもわからないのに、まるで小さな女の子の寝息の上を覆う薄いシーツのように夜空が紫色を帯びてくるわ。あたしだけがそれを見ているの。ひどくうれしくなって、胸いっぱい冷たい空気を吸うわ。少し寒くて体が震えていても、山脈がどんどん青紫色に明らんできて、大空は夜と夜明けの合間の微妙な色合いを浮かべたまま、やがて、すっかり空色の朝の色になるわ。大地は水が引いてゆくように目覚めるわ。

なにか別の命に変ってゆくような気がする。朝の空気とひとつになって、ドラマチックな音楽が聞えてくるわ。朝の光は知的で印象的。気がつくとみるみる遠くの稜線の先が溶けたみたいにオレンジ色に輝くわ。谷に矢のような陽差しが走る。軟らかく冷たい地面から光が生まれてきて、小鳥たちは早くから鳴いているわ。ツバメなんかは学校の校庭を怖いぐらい低空飛行して、いつもジェット機のように下降したり、上昇したりするの。高原ではいろんな小鳥があっちこっちで鳴いている。森が気体のように夜を蒸発させているんだわ、きっと。

身繕いするリスのように林のなかの冷気も動き出すわ。不思議な交代劇なんだ。すべての命が芽吹いてゆくみたい。

するとあたしはやさしくなっている。なにもかもを、自分が愛していることに気がつくわ。いつか地面に墜落している小鳥を拾い上げたことがあったわ。掌のなかでぐったりしていて、でも、小さなまぶたを震わせてあたしの指に触れているの。あの弱々しく微かな、けれどなんという繊細な命の感触、そのぬくもり。あたしはそのことを忘れないわ。

ほんとうに温かいんだ。小鳥のまぶたって、知ってる?

ああ、なにもかもが生きているんだわ。きっとどんなものにも慰安は与えられているんだわ。襲われるものにもね、犠牲になるものにも、空腹を満たすことができない寂しいままの死にも、それぞれが運命の前に自由で、誇らしく、赦されているんだわ。絶命する一瞬の悲鳴にだって、空を降下する瓜や、キュッと鳴いて戦慄する野ウサギの血潮にだって、やがて起こる死の劇にだって、きっと救いはあるんだ。陽光に愛されていて、力の限り自由で、だから恐れることはないの。ああ、ほんとうにそうなの。誰だって、自由だわ。力の限り自由だわ。闘いは命の一つ一つに委ねられているわ。恐怖や、決意や、力量のすべてで逃げ、挑み、捕縛され、喰われ、殺されても、その死でさえ命が命に与える命なのだもの。

そうなんだ。死だってほかの命に捧げられた気高い愛なのだもの。だって生きるために殺すのですもの。戯れに死ぬのではないんですもの。

だから大地は無限に無名の気高さに満ちている。

劇的な、生きている、ひとつの意志なんだわ。

ああ、どんなに辛い試練のなかでも愛されている。どんなに貧しく、醜いものでも、弱いものでも、惨めなものでも、それぞれが命という名によって祝福され、愛されている。

きっとそう。だから誰だって雄々しく生きることができるんだわ。

さっきテントを出るときにくぐってきた木の枝には真珠の首飾りみたいな朝露を満艦飾につけた蜘巣が光っていたのです。

森は朝の陽光に射られて燃え上がろうとしているのでした。

テントのなかではきっともう、お友達がはね起きて、冷たい着物を身につけて震えながら笑っているわ。あんまり浮き浮きして着替えをするとテントやロープを伝って滴が落ちてきて、いつまでもおしゃべりしている女の子たちの肩や首に落ちるわ。

ほら、あっちの草原では赤軍の後方部隊が物資の運搬作業を始めているの。トラックやジープが山道や市街地に向かって次々に坂を上ったり下ったりしてゆく。山道の両側には兵士たちが一列縦隊で行軍しているわ。

赤い十字の腕章をした女性兵士が歩いてゆく。あっ、肩やヘルメットにライトをつけて、体中をぐるぐる被覆電線で巻いて両手に爆薬を下げた工作隊が進発してゆくところなんだ。

ほらっ、司令官もいるわ。あのバネのようなアンテナの下で通信兵と話している人がそうなの。あら、歩哨の一隊が復帰して報告のために近づいてゆくわ。戦略地形図作成をしている測量班なんだきっと。なあんだ、あの遠くの丘の斜面の煙は教育中隊なんだ。こんなにまだ朝が早いのに突撃訓練で投擲された手留弾の炸裂した煙が二つ、三つとぼんやり見える。

それからね、ほら、人民解放軍派の赤と黒の旗が、いま立てられるわ。

不思議な気がするわ。ここにいるあたしはあたしじゃなくて、まるで別人だわ。あたしがいま命令したら、たくさんの人たちが鉛の兵隊人形みたいに一斉にあたしの方を振り向いて、ごきげんようって、あいさつすると思う。

お姉さんはうっとりして短い草の原っぱにうずくまってみました。それから冷たくなった両方の頬を、温かい息を吹きかけた両手の掌で包んで微笑みました。

その頬を淡く血の色が浮かんだ驚くほどの美しさで朝の光が生き生きと輝かせ、肩越しに遠くの谷間までオレンジ色に届いて、向こうの丘を明るく燃えあがらせているのでした。

武君が丘を登ってきます。

お姉さんはにっこりと笑って立ち上ってみせました。

「あらっ」

「どうしたの、こんなところにひとりで」

「好きだから」

「今朝はすごいニュースがあるんだ。例の詩人が人民解放青年同盟に入ったんだ」

「ええ？ そうなの？」

「そうなんだ」

「だってあの人、市の革命的労農青年委員会にオブザーバーで参加しているって自慢してたのに」

「そうなんだ。でも昨日、人民解放軍派が市の革命委員会に正式に参加しただろう。あれは、革命的労農ソビエト中央執行委員会が人民解放軍派と正式に連合したためで、だから、各機関内にいた解放軍派が公然化して、革命委員会と新たなフロント（戦線）を構成することになったらしいんだ」

「よくわからない」

「だから、労農青年委が解放青年同盟という解放軍派の非公然組織の人たちを正式に迎え入れ、ただちに革命的青年戦線として再統一したらしいんだ。それで昨夜、兵士委員会が開かれて、もちろん、例の赤と黒の腕章をつけて立ち上った兵士たちのだけど、登録と集会がもたれたんだ」

「なぜ？」

「公然化がかい？　わからないよ。詩人に言わせると、中央委員会段階で革命のヘゲモニーがなにかしら移行したからだっていうけれど、ほんとかどうか……」

「そういうの、わからないわ。でも、あの人がどうして？」

「オブザーバーだった線から聞いたらしいんだ。それで、俺は最も革命的である勢力しか信じないって叫んでさ、突然、兵士委員会が開かれているテントに飛び込んで、みんながあっといっている間に記名して、勝手に朗々と決意表明をしたらしい」

「今度はオブザーバーじゃないの？」

「違うよ。本物なんだ」

「あなたはいつ知ったの？」

「昨日の深夜さ。飛び込んできて、僕の顔を、ほら、あの変に憎らしい目でにらんでね、お前たちはこれから、俺といっしょに革命の奈落に落ちてゆかなきゃならないんだ、って気味悪く嗤うんだ。俺は正直言って、非公然組織の解放軍から氷柱（つらら）の剣のような孤立が失われたことに失望はしたが、だがどんなときでも最も革命的な地点に自分を置いておく必要があるんだって言った。それで僕の肩を引寄せてね、おい、お前は俺のエンゼルだよ。お前がいる限り俺は最も革命的でなけりゃダメなんだ、って、ぷいっとテントの外へ出ていったんだ」

「変な、人だわ」

「……うん、そうだね」

「ねっ、あたしあの子たちのところへ行かなくちゃ」

「ああ、ごめん。僕もだよ。……それと、手紙なんだ」

「あらっ、あたしに？」

「そう」

ちょっと武君の指先が緊張して震えたように思えました。

「どうもありがと。後でようく読むわ」

少し硬い表情で微笑みあって丘を下ってゆくと、どの少年少女たちも一斉に森のなかを広場に向かって駆け出していきます。

「ねえ、ほら、見て、まるでダイヤモンドの首飾り。豪奢で透んだ輝きっ！　一度ね、あたし、道ばたに散っていた桜の花びらを手にとって眺めたことがあったの。ようく見たら、花びらってとっても精密だった。花びらの表面ってね、貝殻をつぶした白のようなしっとりと張りのある不思議なパウダーでできているのね。そして気胞には花びらの窓みたいに水滴がいっぱい、いまにもあふれそうになっている。それが光って、なんともいえない天上の美しさ。品があって、ピンク色に輝いているの。ほら、同じだな、こんなに重そうにいっぱい真珠がくっついているなんて。これは神様のプレゼント、祝福だわ。美しいってすごいこと。神秘なの！」

先へ行こうとして立ち止まった武君の少し赤くなった顔が揺れています。
お姉さんは照れたように見返して、肩をすくませて笑いました。

第五章　高原の光のなかで

1　丘の軍事訓練

広場には野営している全軍の兵士が集められていました。指令官がテントの奥から出て来て、途中で駆け出して一気に木の台に登ります。

「赤軍将兵の諸君、並びに同志、少年少女たち。革命的労農中央執行姿員会、市革命委員会により、新たに派遣された副政治委員、同志横田君を招介する。おい、君、あいさつしたまえ」

隣にいた青年がうなずいて、ゆっくり台の上に乗ります。まくり上げたやせた腕にガサガサとした赤と黒の腕章が巻かれています。

「同志たち！　わたしは労農各級人民の革命的フロントを代表して、同志たちとともに第七補給教育大隊に於いて革命遂行の任務を命ぜられた者です。目下諸情勢は、解放区経済の建設と強固限りない軍事建設の至烈な交錯する路線的葛藤の地点にあり、この困難な二重苦からの離脱のゆくえ如何に革命の全幅の勝利が賭けられています。わたしは革命的労農ソビエト中央執行委員会を全面的に支持する者です。が、強固な軍事建設を成し遂げるには、あらゆるものの、経済や住居や食料や病気や衛生や結婚問題や芸術の一層の軍事化が必要であり、あらゆるものの軍事化は、革命にあっては、一層の革命的思想性の強化として実現されます。

わたしたちは幾多の局面で戦い、幾多の『時』を戦っています。だが、同時に革命は、無限の局面と無限の『時』をも戦っています。革命は、どんな場合でも予兆のように存在します。わたしたちは軍隊でありますが、永遠の軍隊であります。従って一層の軍事化を成し遂げ、一層の思想的深化を成し遂げ、わたしたちの軍隊が、『世紀』であり、『エコール』であるごとく輝かねばなりません。政治委員とはこの地点に立って、あらゆる人民の、機関の、経済の、富と力と想像力を開放し、革命に注ぐ任務だと信じています。わたしたちの銃弾は鉛でありますが、しかし『言葉』でもなければならないからです。兵士たちの犠牲は、革命の『言葉』によってしか救われ得ないものだからであります。同志たち！　わたしは人民解放軍派政治局書記でもあります。人民の革命的フロント万歳！　革命的労農ソビエト中央執行委員会万歳！」

一瞬、広場がゆらぎました。副政治委員は大学生のようです。黒いシャツの胸のポケットに端っこがみえている紙切れに手を触れ、広場の動揺にビクッと目をつり上げ、そのまま後向きになって台を下りてしまいます。

すぐに司令官が登壇して集会が解散されます。

少年少女たちだけが広場に残されていて、再び司令官が姿を現わしました。

「やあ、君たち。ご覧の通り新任の政治委員が着任してわたしは悲常に忙しい。昨夕、我々は人民解放軍派を迎い入れたのだ。だが今朝は、すでにその新しい段階を完全に乗り越えて革命戦を行わねばならぬほど、すべてが激しい。だが革命路線がそのことで転換されるわけではない。まして軍事戦線での単純な急転などあるわけがない。人民の軍隊は『人民』だからだ。わたしはそれを信じている。君らはこれから数名の指揮員の下で軍事訓練を行う。君らも『人民』である。なんのために武装するか識っているはずだ。人民をルーレットに賭けることはできない。君ら一人ひとりの幸福と解放のために『武装せる人民』であって欲しい。

このことの意味は重いぞ！　じゃあ、我らがヒーローたち！」

少年少女たちは小学生のように並んで立っています。

「おい、人民解放軍派は昔から赤色テロリストたちなんだぜ」。誰かが列のなかでつぶやくと、みんなが一斉にその少年を振り返ります。「同志を誹謗するな！　革命は一切を革命する」。近くの少年が叱責しました。「革命は坩堝である。革命は広大な学校である。革命の深化は革命の自浄作用を高める……もし、深化であるなら」。ひとりが権威ぶって発言しました。

「ヘッ、奈落もまた自浄である……」

詩人の声が列の隅から聞えてきます。

「なぜなら、革命家は死に於いてのみ純血であるからだ」

突然、指揮員の鋭い声がして、少年少女たちは、また小学生のように列を整えて、順々にガンブルーに底光りする銃器の点検を受けるのでした。

訓練エリアに出ると緊張が一層、高まります。

「散開しろ！　間隔をあけて、もっとだ。よし、着剣——！」

銃床を地面に着けて、一斉に、なめたいほど潤滑油の浮いた鯖色の銃剣を折り上げます。

「構え——銃！」

ザッというズック靴のすれる音が、未熟さを物語る時間差で起こって、ガチャガチャと銃を持ち替え、腰に構える時の連続する金属音が広場に響きわたります。

「元え——銃！」

小銃が少年少女たちの胸のボタンの前で冷く皮膚を吸いつけています。

「構え——銃！」

ぎこちない人形たちが動作するように、号令の余韻のなかに草地は森閉と凍えます。かすかな木霊が尾根を越える風のように遠くに聞こえ、心地よい大気が空色の空をずーっと高高度まで透かせています。指揮員が腰の拳銃を抜き、重く光る自動拳銃をだらりと下げたまま、少年少女たちの間を歩き始めます。かすかな笑い声が漏れ聞えます。その声がパタリと止むと、突然、激しい動作の繰り返しがその少年に命ぜられます。七度も続けて彼だけが号令をかけられ、すると少年が銃を構えて息を止めているのがはっきりと全員に伝わります。

「元え——銃！」

指揮員は自動拳銃を腰に納めました。

「軍事訓練は不毛であると思うか……」

突然、指揮員が演説を始めます。

「僕は不毛だと思う。びっくりしたかい？　膨大な人類のエネルギーの消耗だと僕は思う。有刺鉄線の下を匍匐前進するために費やされるエネルギーと緊張があるなら、人類はまだまだ多くの立派な事業を築き上げることができるだろうと思うからだ。しかし、軍事は有史以来、私有され、権力者たちに独占的に使用、乱用され、密室に閉ざされてきた。破壊と殺戮の物理的な暴力そのものである軍事はいつも、ガレージを開いて無辜の民の上に狩猟犬のように襲いかかった。軍事は常に私有された暴力的な有位であり、独占的であることによって、その脅威を、威力を、自らの軍事的効力を保持してきた。だから革命は、軍事の存立そのものを規定している独占的私有を廃し、軍事をも人民に解放しなければならない。

それは歴史的軍隊、一切の私的・国家的いかんを問わず、本質的に傭兵でしかない私的・国家的常備軍を解体することであり、一方では、歴史的軍隊を止揚した軍隊なき軍隊を再建することだ。それは軍事の人民への解放であり、いわば無力化であり、真の無敵の『人民軍』の理論であり、海のような人民総武装による、従来の歴史的軍隊の乗り越えである。

僕は、すべての者が武装した時こそ、あらゆる軍事的抑圧から人間は自由になると思っている。それは一見、あの魔術的なボッシュやブリューゲルの絵画のように際限のない殺しあいに見えるかも知れないが、ドストエフスキーの小説に出てくるじゃないか、すべての人間が殺しあうことができる世界では誰もが決して殺しあおうなどとは思わぬに違いない、からだ。

すべての人間は、一種の緊張の前で倫理的になるだろう。あらゆる虐殺の前に殺人者はまっさきに人民によって武装解除されるだろう。無謀な工作者は謀殺の企み以前に自分の死体に遭遇するだろう。なぜなら、同時に全人民を相手にする戦いなど誰にもできはしないからだ。だが全人民は、同時に、無数のやりかたで、ひと握りの謀略的な工作者を相手にすることができる。これが人民戦という戦略だ。侵入者は人民の武装された海に乗り出すことさえ恐れるに違いない。なぜなら路地の辻々から湧くように現れ、自ら発熱して黄色スズメバチを焼き殺すニホンミツバチのように、彼らを押し包んで異物反応のように反撃する人民軍こそ、武装せぬ完全武装であり、一千万人が殺されようと九千万人の人民が、意図を持ったあらゆる種類の侵入者を必ず絶滅させるだろうからだ。人民軍こそ、内・外のあらゆる軍事抑圧に対する絶対的時間空間に於ける絶対的勝利の戦略だ。このことが君らにわかるか？　絶対的時空を戦う人民戦略がわかるか？　たとえ膨大な犠牲を強いられようと、人民軍は永遠の彼方の絶対的勝利を戦うのであり、それは人民総武装の深さに支えられるのだ。

我々の軍事訓練は、そういう意味に於いて軍事の解放のためになされている。人民への解体のためになされている。しかも同時に、完全に民主的という意味で人民による究極の軍事の構築のためであり、人間の自由を賭けた絶対的武装のためである。

我々はあらゆるものから自由にならなければならないからだ。それは、あらゆるものになり得るということであり、あらゆるものを越え得るということだ。この時こそ、我々はどんな状況にあっても完璧に自分自身であることができ、どんな戦線に於いても、破壊工作員でも将官でも砲兵でも看護兵でも遊撃隊にでもなり得て、あらゆる状況から自由になり、同時にあらゆる状況に完全に対応できるだろう。そしていつか必ず、我々は軍隊を乗り越えるだろう。己自身の権力、軍事からも自由にならなければならないからだ。

そうでなければ永遠に軍事は生き残ってしまう。軍事はいつか死滅するだろう。だからこそいまこのとき、あらゆる死は誇らしくあり、ひとりの犬死もあり得ないのだ。

人民の軍事訓練は、軍事からの自由のために課せられている。これらの消耗は究極の果実のために意義深いものなんだよ。もし君らがこれらのことを拒絶するなら、アルキメデスのように路上で、なにも知らないローマ兵に殺されるだけだ!」

指揮員が小さく嘆息をつきます。

「よし。もういい。まず君らが体得しなければならぬのは銃剣術だ。なぜなら、銃剣術こそ近接戦に於ける敵殲滅の最も重要な手段だからだ。突撃や塹壕戦での、最も基本的で絶対的な攻撃の根本だからだ。まず銃を構える。突進する。勇敢に刺突する。このためには戦闘の深さを知っていなければならない。強い意志と犠牲を乗り越える強靭な心が必要だ。それは戦闘というものの残酷さが強いる根本的な『形』なんだ。どんな近・現代戦に於いてであろうと、そのことに変りはない。『殺す！』ということだ。自分が生きようとすることではない。『殺す』ということだ、『倒す』ということだ。その叫びの深さだ。これが勝利だ。

それは、成し遂げられなくてはならない。銃剣術は、まるで式舞のように戦闘の真実を浮かび上がらせ、体感させる。『殺す！』、この言葉を絶対忘れちゃならない。なぜ殺さねばならないのか、おお、その絶対矛盾である悲痛さをこもごも胸にかかえた革命の深さによって、我々は悲しみを込めて突撃をする。『殺！』と君らは叫ばねばならない！」

小銃が構えられます。林立する銃剣の切っ先が、『殺！』というどよめきのなかを問答無用の無機質な意思となって突き出され、刃の先でメラメラと光をからませます。

『殺！』の声が木霊し、『元え——！』の号令がその木霊に重なります。風のように遠くに立ち昇る木霊を、再び『殺！』のどよめきが押し返します。

大空は明るいトルコ石のように空色で、白い離れ雲が綿のように尾根を流れてゆきます。

「躍進――殺！」

「殺！」

「後退――殺！」

「殺！」

「踏み切り――突け！」

「殺！　殺！　殺！」

悲鳴のような声が聞えます。途中で飲み込んで途切れた少女らしい怯えた叫びがします。

「突け――！　そうだ、そうだ、もっと突け、もっと、もっと、突け、突け、突け、前進――！　突け！　刺っ――突けっ――！」

指揮員がいつの間にか何人にも増え、少年少女たちを両側からはさんで併走して駆け出します。突然、再び拳銃を引抜いた指揮員が左手で胸から下げたホイッスルを吹きます。

「伏せ――！」

少年少女たちは銃を胸にかかえたまま、もんどりうって身を前方に投げ出します。

「匍匐前進――!」

少年たちの二十メートル前方の草地を指揮員が拳銃で銃撃します。草の根が土といっしょにはじけ跳んで、むきだしの地面の湿った穴ののどかな焦茶色が見えます。小石がキュン、キュンと泣き叫んで跳ねています。再びホイッスルが吹かれます。

「前進――!　突撃前進――」

少年少女たちは首を折るほど上げて次々と起き上り、銃剣をわきに抱かえて、つんのめるようにして駆け出してゆきます。

「敵前縁突破――!　銃構え――!　突け――!」

「防左弾匣（倉）攻撃――!」

「左突け――!」

「下突け――!」

「右突け――!」

「後突け――!」

「防左――!　側撃――!　突け――!　突け――!」

「前進――!　前進――!　突け――!　突け――!　突け――!」

「躍退――！　躍退――！」
指揮員も少年少女たちも、とどまるところなく前進し、突き進み、反転し、伏せ、叫び、駆け、這い、銃剣と自動小銃を、かなたの美しい空色の空に向け、激しく突き刺し続けます。被弊し、忘我になって、銃を手にして直立した時、少年少女たちは三支隊に分断されていました。

行軍のための背のうを手渡され、肩にかけ、銃を手にしてしゃがみ込んでいます。指揮員の顔を子供のように見上げてまばたきもせず、説明を受けます。

「君らは、各クラスを混成した三支隊に分けられている。これからこのまま武装行軍を行う。各支隊からは十名を送り出し、行軍警戒支隊を編成する。これを最前段の支隊から五〇〇メートル前進させ、その距離を保たせる。各支隊は一人ひとりを戦友であり同志であると思い、あたりまえのことだが、団結し、勇敢で愛情に燃えて、ひとりの脱落もなく、ひとりの無駄死もなく、完璧に支隊を固め、大胆に、力強く、黙々前進し、警戒し、号令に従って反撃し、潜伏、う回、あらゆる軍事的行為を果敢に行わねばならない。

決意し、戦意に燃えて、しかし明るく、一切の苦痛を越えねばならない。赤軍兵士は、あらゆる意味で、たとえひとりになってさえ、無敵でなければならないからだ。行軍とは攻撃に向かって歩いてゆくことだ。殲滅のための布陣につくことだ。いかなる戦術的・戦略的後退も、逃げるためではなく、再び攻撃し、撃破するために歩くことだ。完璧なカムフラージュと圧倒的な射撃こそ浮上した赤軍の真価だ。君らはすべてを果さねばならない。心と体と革命の深さですべての軍事を把握し、実現しなければならない」

黙々と銃を背負う少年少女たち。二列従隊の断続する三つの支隊の列が、緊張し、進発してゆきます。その光景を遠くのテントの隅で三、四人の女性兵士のグループが真珠色に微笑んで眺めています。なんという微笑みでしょうか。元気を取り戻した少年たちは学芸会の舞台を行進する心地で、まばゆい女性兵士たちの視線を視界の隅に引きずって歩いてゆきます。

しばらくして彼女たちがサッとテントのなかに消えてしまいます。「あ、入っちゃった」。後列の誰かが口走ると、かすかな嘲笑が起こり、それは一種たまらない孤立感で少年たちを宙ぶらりんな気分にしてしまいます。陽がかげった早春の午前の冷たさのように、どこか少年たちを哀しくさせるのです。「自分が行軍するのである。従って全軍が行軍するのである」。そんな言葉が彼らの退路を断ち切ります。

駐屯地の緩やかに広がる丘を歩いている者はほとんどいません。日は白亜に輝いて天頂から降り注ぎ、草地を放牧地のように蒸れさせています。やがて小休止した少年少女たちは汗ではりついた髪や焼けた肌を拭いながら、水筒の水で溶かした粉末ジュースを飲みほしています。

「俺もう、くたくたさあ」

少年が銃を草の上に投げだして、両手を後ろに仏像のように胡座をかきました。

少女が恥ずかしげに脛に薬を塗ってもらっています。女性兵士が笑いながら二人がかりで彼女をおさえて、くすぐりあってでもいるように「じっとしてよ、ほら、じっとするの」

少女は泣き笑いの悲鳴を上げます。ほとんどの少年たちはみるみる体力を回復させてまるで遠足にきた子供のように、にこにこして木立の影に倒れ込んでいます。

「いいかい、君ら……」

指揮員のひとりが大声で叫んでいます。

「君らはだらしがないぞ。もうくたくたなのか？　軍の創成のことを考えてみろよ。もっともっと、君らのすべての可能性を革命は組織化しなくちゃならないんだ。よし、大休止に変更だ。まあ、とにかく二時間は君らを解放する。好きなだけころがっていろよ！」

誰もが笑って指揮員を見上げています。突然、少女たちの一団が次々と花びらのように手を取りあって嬌声を発して駆けだして行きました。自由は疲労を忘れさせてしまうのです。ひとりの少女が走りながら振り返ってカーキー色のつばの広い戦闘用の帽子をぬぎます。長い髪がスローモーションのように肩に流れて揺れます。一瞬、腰をひねってみんなの方に微笑すると、その微笑みに白いリンゴの花のような輝きが咲いて、風景を甘い豊香で惑わせるのです。

「まるでボッティチェリーの絵のような光景だな」

指揮員のつぶやきに、どっと大人っぽい仕草で少年たちが笑いだします。

少女たちはいつだってそうですが、自分たちにふさわしいものを一番に知っていて、軟らく透き通っていて、冷たく、甘い、はらはらするものに駆け寄ってゆきます。その微笑みは世界の距離を等化し、世界のどんな難しそうな難問をも飲み込んでしまいます。まるでニンフのような笑顔が汗っぽい髪や湿った白い腕の輝きとダブって現実をあいまいにし、感覚を麻酔し、奇妙な永遠である一瞬の歓び、陶酔を演出します。

彼女たちは人間の胸のなかから飛び出した透き通る妖精であり、大人びて寝首を掻く恐ろしい夜の動物であり、きっと黒髪の芳香に埋もれて樹液のように愛をむしゃぶる生き物なのです。

指揮員は少女たちの後ろ姿を見つめています。

やがて、ふいに向こうの木陰に向かって歩き出してゆきました。

2　へんてこな手紙

「ああ、冷たくて、ステキ!」

お姉さんが、濡れた手をはだけている胸の奥に押しつけています。

そばにいた女の子が悪戯っぽく笑いながら、お姉さんのシャツのなかに濡れてヒンヤリした手を滑り込ませます。二人ともどっと草むらにあおむけに倒れて、腹部が痙攣したように笑っていて、膨らんだ胸が大きく空に向かって息づいているのがわかります。たまらなくなって、くるっとはらばいになって、あー、そうだ、とお姉さんはひとりになって草原の端に行き、武君の手紙を胸のポケットから取り出しました。


「まっすぐな道でさみしい」(種田山頭火)

「お日さん、お日さん、どうぞわたしをあなたの所へつれていって下さい。灼けて死んでもかまいません。わたしのようなみにくいからだでも、灼けるときには小さなひかりを出すでしょう」（宮沢賢治・夜だかの星）

武君の手紙の一番終りの紙に書かれていました。これが一番に言いたいこと？手紙はこんなふうに綴られているのでした。


「悦子さん、昨夜、僕は丘の上で君を見かけたんだ。声をかけようとしたら君が草むらにしゃがみ込んで泣きだしたからすぐに黙って引返したんだ。泣いている君を見ることは、きっと誰にだって許されないんだからね。

そしたらあの子と会って、ひとりぼっちのあの子と会って、言うんだ。

あたしと、話してくれません？って。

彼女は、なんだかいつもより透き通っているようで、どこか怖い目をしていた。

彼女はね、こうした山の上で、なにか急に道に迷ったように森のなかを歩きまわっていると、突然に自分がひとりでいるってことに（だって彼女の母さんは亡くなったんだし、お父さんは見つからないんだからね）、気が狂ったみたいな、どうにもできない気持になるっていうんだ。

そうするとね、自分の拠り所はどこなんだろう。自分は一体どんなところでこれから生きてゆくんだろうって思うっていうんだ。すると、ふっと周囲の温度が冷くなってゆく。人が人形のように現実感がなくなって、木立や岩が風船のように膨張して、くるくると油面に回転する景色みたいに歪んでくるっていう。憎い！　って叫ぶと、わけもわからないなにかが昂ぶってきて、そのことで貧血しそうになって、感情が遠いて、もっともっと空恐ろしくなるんだ。

もっと、もっと憎い！　と思って、そのへんてこな感じを、自虐的にね、自分のそばに置いておこうとすると、それは一斉に口を開けて、シャボン玉の虹色になって彼女の頭中や手や足や胸や首筋に吸いついて嘲笑い始めるって、言うんだ。身をすくめて、あたしはこの小さな体だけなんだ。これだけなんだ。すごく寒いの！　って叫んでしまっているっていう。

そして、あたしは自分を愛しているわ。すごく、すごく自分が、そういう意味でね、可愛いらしいと思うの、って言っていた。

ねえ、あの理知的で、こっちが心配になるぐらい物静かで、変に怖い子はね、きっとなにかに捕われているんだよ。目がうつけたようにおどおどしたり、腕をしきりにこすってみせたりして、しまいに急に僕の肩に顔を埋めてきてさ、寒いの！　って何度も言うんだ。彼女はきっと、いや、彼女の憎しみはきっと、砕け散っているんだと僕は思うんだ。自分で自分ごと砕いてしまって、その破片を拾い集めずにはいられなくて、狂ったみたいにまた自分の憎しみを積み上げて、そして、憎い！　って猛然と叫んで、また泣きながらその破片を掻き集めるんだ。スカートにね、石っころを泣きながら拾い集める亡者のようにさ。それを知っているんだ。それを全部、彼女は自分で自分のことをよーく知っているんだ。

だけど亡者には、それを断ち切ろうとする度に、涙が出てきて、目も頭も充血して、発熱して、なにも考えられなくなってしまうことがあるじゃないか。そこから逃れられなくなる。

それと同じなんだ。どうにもならないんだ。憎い！　って叫ぶ彼女は皮肉にも一番生々として完全にしっかりしているんだけど、その一瞬後には、目を真赤にして破け散ったものを夢中になって拾い集めている。さっきまでの果敢さがね、その全部のエネルギーで彼女を痛めつけてしまう。彼女は自分の憎しみに犯された娘で、幼い少女のように発熱して、歯をガチガチいわせて自分の涙を噛んでいるんだよ。

すべてがわかっている。それなのにどうしようもない。そんな激情が幾度も際限もなくめまぐるしく入れ替わる時、彼女はその間中、ずーっと、自分が誰よりも可愛いと思っている。可愛いくて、それ以上に思えないほど自分を愛しているって言うんだ。

わかるかい？　彼女が犯され、捕えられている内味が？　壊れていることがさ。自傷し、内攻する心の傷のこと、最後の環が破壊された円環のような、崩れた欠落感……。

彼女が言うんだ。ねえ、あたし、あの人たちのことが憎いって言うでしょ。でも変なんです。ほんとうはちっとも憎くないの。ううん、ひどく、気が狂うくらい憎らしくなる日もあるわ。だけど変なの。ようく考えると、結局、まだあたしがもらわなかった幸福をまるでとうの昔にもらって、それが突然奪われたように単純に思っているのね。お父さんはいなくなったし、お母さんは殺された。あたし、かわいそうな母の死に顔を見ました。でも、まるでこの二つのことが夢のよう。お父さんとか、お母さんっていう言葉の響きがどこか遠いようにね。

……わかりますか？　ほんとうはお父さんでもお母さんでもなかった、ひとりの人間が殺されていなくなったの。ひとりの人間がです。するともっと憎くなるだろうって思うでしょ。でも、全然違うの。すごく勇気が湧いてくるの。自由になるの。パパとかママがあたしから奪われたのなら、あたし、小さな女の子のように泣いて暮すしかありません。でも、あたしはちゃんと知っているのね。あの人たちはパパでもママでもなくて、ひとりの人間だったってこと。

あたしから奪っていったものはなんにもないんだ。もちろん、あたしのそばからいなくなったし、あたしはひとりぼっちになったけど、ほんとうにはなにひとつ失ったものなどなくて、逆に色んなものが、彼らがかつてあたしに示した数え切れない仕草や、視線や、微笑みや言葉が、まるで初めてあたしに与えられたように思い出せるの。

そう、あの人たちが初めてひとりの人間としてあたしのなかに誕生したのだわ。それも殺されてから？　なんてこと！　ああ、人間なんて多重人格だわ。あたしは幼稚園生になったり、母親になったりするわ。

あたし、それまでずっと何度もお父さんとお母さんのために彼らを憎んだわ。学校の授業のときだって、あんまりみんなが革命のための犠牲、革命戦の戦闘で死ぬことよね？を言うから、ひどくその悲愴な調子が勝手で憎らしくなったの。

（あの子はクスッって笑ったんだ。びっくりするような視線を向けるんだ）

あたしのこと、もっと知って欲しいな……。何人も殺されました。あたしだけがひとりぽっちじゃありません。わかっています。でも、そんなことじゃない。死んでも革命のためなのだから意味があるとか、悲しく苦しいけれど歴史のために戦い続けようとかが革命だったら、あたし、そんな革命になにもないと思うわ。それは勇ましいけれど、ほんとうの人間の生と死をつかまえていないわ。だって生きている人間を幸せにしない革命なんて、意味があるの？

（彼女は僕の目をじっと見た。試すようにね）

フフッ、あたしっていけない娘。あなたはなんでも本気にする人だから、だからきっと、混乱しているのでしょ。そうでしょ？　あたしにはわかるの。あたしが何者かって顔してる。

そんなことはないさ。ただ、考えているんだ、って僕は言った。

いいわ、ちゃんと言ってあげます。あたし、幸福なの。

あたしの幸福を革命がわかってくれなくちゃ、前進しませんってことです。やせ我慢じゃないわ。それは、誇り、です。あたしの幸福は重いものです。あたしが憎いのは、そういうあたしの幸福を抱けない、革命と反革命の、両方だわ。もちろん虐殺者として彼らが憎いわ。あたしからすべてを奪った彼らだもの、でも、そのことであたしを抱こうなんて、もし革命がしたら、あたしピシャリ！よ。あたし、そのことを知って欲しいの。

わかる？　革命も辛いでしょう？　でもあたしたち、いいえ、あたしの辛さをほんとうに抱きしめて頂だい。その時、あたしがいまみたいに幸福であるように革命が自分たちの妹や弟の死を抱きしめて幸福でなかったら、結局なにもないの。

変かなあ？　そう、幸福だなんて、そんな言葉じゃないかもしれない。うまく言えないけれど、でもスローガンじゃなくて、涙だらけの突撃でもなくて、もっと別なもの。ああ、あたしのいまのほんとうの気持だけが、清らかで淋しいほんとうの革命だわ！

僕はなんだか苦しいよって言ったんだ。

苦しいでしょ。苦しいでしょ、でも、その時の幸福感なんて一体誰にわかるでしょう。あたしが一番幸福な時、その時、あたしは発熱していて、一番苦しくて、悲しくて、はつらつとしていて、憎んでいて、立派なの。強がりじゃないわ。本気！

なんだか天上に昇るような気がしてくるわ。体中がゾクゾクして、自分が透明になって、微笑むわ。この時だけが革命と言われるものよ。

苦しいよ、すごく苦しいよ。

（また笑うんだ）

あたしは混乱しているだけかもしれない。涙を流して彼らの一人ひとりを思いっきり殺したいって思う日もあるんです。だって、武君、誰だっていつも立派とは限らないでしょ。でも、もうこれで殺しあいはこんりんざい止めだって叫ぶ時には、すべての人間はあたしのようにならなくてはならないわ。革命が革命のために復讐をするなんてダメよ。あたしたちみたいな人間だけが、手も足ももがれた人間だけが、そういう人間の胸のなかにある強さだけが、そうした世界に立ち向えるわ。報復の連鎖を断ち切ることができる。そう、革命にも反革命にも応戦できるわ。自由で、力強くて、悲しいくらい立派で、だからあたしの革命は至上のものになるわ。至上の愛なんだ。たとえ革命が成されなくとも、ずっと昔からあたしたちみたいな人間が自分の胸のなかで築き上げてきた支え切れないほどの革命を信じるわ。

僕はびっくりしたんだ。想像もしていなかったんだ。

あなたはあたしを怖がっている。ねっ、そうでしょ。（また笑うんだ）でも、あたしなんて、ほんとうはなんにもわかっていないのよ。革命に敵対する権威なんてあたしにはありません。いいえ、誰にだってほんとうはあるんでしょ。

ねえ、あたし、もっとあたしに色んなことを教えてくれる人が欲しいの。あたしはみんなとは違うわ。あたしは幸福だけれどひとりぼっちだわ。その両方ともが正しくて、真実だわ。

あたし、ほんとうはね、さっきまで泣いていたんです。森のなかって真っ暗でしょう。すると、あたしの幸福なんて惨めなしろものよ、ってどこかから声がするの。ああ、だから、なんでもいい、なにかひとつ、その全部を自分のものにしたいわ。あなたにたったひとつ、あたしにわかっているほんとうのことを教えてあげましょうか？

（彼女はうっとりと夜空を見上げたよ）

それはとっても変なこと。あたしが一番にやさしい気持になっている、それはもう幸福な力強い一瞬に考えつくんだけれど、あたしが生きてゆくとすれば、それは、あたしがこれから愛そうとする人のなかだけだってことなの。絶対にあたしは、あたしが愛している時にだけ自分がわかるわ。（今度はじらすように目で笑ったんだ）

あたし、だから愛する人を気違いみたいに追っかける夢を見るの。それはいつもすごく怖い夢なの。いつもあたしは駆け出していって、もうなんにもないんだ、なんにもないんだからって叫んで、愛する人を泣きだすくらい強く抱きしめるの。なのに、ふと気がつくと、その人が窒息死していたり、石に頭をぶつけて人形みたいに倒れてしまったり、誰かに連れていかれたり、昔の恋人が現われてあたしの腕をほどいてしまうの。おかしいでしょ。まるでマンガだわ。でも悲しい夢……。そうだ、一度だけ、夢のなかでその人と接吻したことがあるわ。顔を傾けてキスして、頬をすりよせたわ。その人はとってもやさしい人で、ここにいるよ、ってあたしの髪をゆっくり何度もなでてくれたわ。

僕は変な気になってきたんだ。

なにもかもがごちゃごちゃになって返事ができないんだ。あの子はいつもちゃんと物を言ったし、ほんのさっきだって立派すぎるくらい立派だったのに、なのにまるで別世界の、へんてこな、子供ぽい、うそのような世界に引入れられたようになってしまってるんだ。

世界がいつのまにか変って、ここがどこなのか僕にはわからなくなっていたんだ。

誰もそばにいなかったし、木立は深い闇に閉ざされていたし、梢の間から見える夜空は冴々と輝いていたし……。

ああ、あたし、誰かと心ゆくまで、愛しあいたい！

突然叫ぶんだ。

たった一度でいいから、いつまでもその人の腕のなかにいたい。あたしを助けて頂だい。あたしはひとりぼっちで、あたしは誰の手からも解き放たれているわ。

ねえ、アリスって知っているでしょう。まるでそう。あたしはあのアリスだわ。不思議の国の正真正明のアリス。あたしは追放されたアリス。どこにゆくこともできるけれど、誰の心のなかに留まることも、どんな土地に留まることもできないんだわ。

僕はそんなこと言っちゃだめだって言った。まるでさっきの言葉とは逆じゃないか。みんな君が好きだし、君のことは、君の立派なことは、みんなよく知っているさって言ったんだ。

すると笑うんだ。同情なんだわ、そんなの。革命が残してしまって、そして乗り越えるべきひとつのリスクでしょう。（またクスッて笑ってみせたんだ）あたしがあたしのことをみんなの前で説明して、憎しみこそがあたしのすべてです！　って言っても、あれはウソじゃないけれど、でもウソだわ。あたし、じゃないわ。あたしの、全部、じゃないわ。あたしはここだわ。いまここにいるただのお馬鹿さんだわ、あたしなんて！

そうじゃないさ、同情じゃないさって僕は言った。

同情よ、そうですとも。でなけりゃあ、なんでしょう？　スローガンみたいな優しい言葉？　そんなものでアリスを留めることはできません。アリスにはもっと別のものが必要です。

君は愛されているさって僕は言った。

誰に？　誰が？

みんなさ、みんなにだよ。誰もかれもにさ。

あたし、さっきちゃんと言ったでしょ。あたしは寒いわ。いまも昔も、ずっと未来までも、あたしは寒いの。凍えるほど寒いの。どんな言葉も親切も寒いわ。あたしは震えながら歩かなくちゃならないわ。あたしは寒いだけなんだわ、きっとそう。寒い、寒い、寒くて死にそうよ。

彼女は子供みたいに首を振るんだ。両手を胸の前でちぢこめて、誰にも頼らない、誰の力もいらないって……。僕はもうなにもかもわからなくなって、ただ彼女の望むままに、一歩でも彼女が望むなにかでありたいって……。

気がつくと彼女の後向きになった肩に手を添えていたんだ。彼女は突然、その手を振り払って、彼女の両手が蛇のように僕の首筋に絡みついてきたんだ。髪の匂いがして、それが呼吸を詰まらせて、しがみついてくる彼女の背を自分の方に引寄せていた。

寒いの。寒いの。とってもよ。だからもっと温かくして。もっと、もっとよ。

耳の後で彼女の髪のすれる音がして、彼女の泣きそうな声がしているんだ。

寒い、寒い、もっとよ。そうよ、もっと、もっと、もっとだわ。

彼女の髪に手をやって、僕は彼女の頭と腰を引き寄せ、折れるほど抱いていたんだ。冷たくて白いうなじが手に触れた。僕は未来永劫この子とこうしていようと思ったんだ。

あたしって、可愛いい？　可哀そうなぐらい可愛いい？

僕は、僕は……

あなたって好きよ。好きだわ！


三枚目の紙片を読み終ると、お姉さんはまだ続きのある手紙をちょっと慌てたようになってから静かに折りたたんでポケットにしまいます。眉を曇らせ、いやいやをするような仕草で立ち上ります。あの理知的な髪の長い女の子を抱きしめている武君が見えてくるのです。

二つの胸が溶けたように触れて、呼吸して、闇の中にじっとしている抱擁が……。

風がすりぬけてゆきます。きっと誰だっていいんだ。そうだわ、誰だっていいんだわ、抱きしめてくれさえすれば。そうね、簡単なんだ！　自分の顔を男の人の胸にこすりつけて、憎いわ、大嫌いよって叫んでいじめてあげるんだ。ごらんなさい、あたしって、誰も見ちゃいけないほど悲しいでしょ！

自分がひどく腹を立て、なにかに拘泥しているのがわかります。

違うわ、違うわ、という言葉が渦のように強く心の奥に沈んで行くのです。

違うわ、だって、違うわ！

ふと、あの少女が言った言葉がよみがえります。

「ねえ、あなたの腕って瑞々しくて透き通っている。うらやましいな、源氏蓮の花みたいにピンク色で品があるんだあ……」

いやよ！　あたしはそうじゃないわ！

第六章

革命が見捨てるもの、抱きしめるもの

1　武君と詩人との哲学的論争

出発の日の午後、長い長い準備時間の休息の間に、丘の上の森にやってきた武君のどこか変に純粋さが漂っている目を見てしまうと、お姉さんはなぜだかいろんな思いを隠し、自分の表情を一瞬に翻して、明るくコケットリーに微笑んでしまうのがわかります。

「あらっ」

「やあ、……君のその微笑みはいつも不思議だなあ」

「どうして?」

「わからないよ、わからないさ……」

「あんな手紙を書いてよこす人の方がもっともっとずーっと不思議だわ」

「いいんだ、あれで」

「なぜ?　どうして?」

「いいや、すべてがいいんだ。なにもかもがいいんだ」

「あなたは、まるで赤ちゃんみたい。わけがわからないわ。どうしてあたしに書いたの？」

「言えないよ」

「なぜ？」

「だったら、そうなら、いいんだもう。僕は、もう、いいんだ」

「どうして？　なにがなの？」

「ああ、僕はウソばかり書いたり話しているんだろうな、きっと。僕は全然、ダメなんだな。ほんとうは汚いんだ。でも、心から、薄汚いようなこの無力感のなかからでも、ほんとうのものに向かって、それだけに向かって肉迫したいに違いないって思ってるんだけどね。僕にはさ、ほら、胸のなかに空洞があるんだよ。こうして両手を広げて、がっしりしたものを抱き寄せずにいられないんだ。僕はただ両手を広げてよろよろと前へ歩いて行きたいよ。人が振り返っても、馬鹿だって罵っても、よろよろと前へ歩いて行きたいよ。胸のなかを空っぽにして、ああ、たくさんのもので胸のなかを埋めるにはまず空っぽにしなくっちゃならないんだからって。そうやって僕は自分がいつかこの手に抱けるものだけを信じるって思いたいんだ。

　するとなにかが温かく僕を包んでいるのがわかる。誰かが、僕をそっと愛していてくれるのがわかる。そういう幸福な感覚に浸りきるために、なおも彷徨い続けようとする。愛されるために、どんな愛からも遠ざかろうとする。その時、孤高の思いが僕の心を貫くんだ。

僕は愛情という月夜の海にそっと浮び上ったウミガメなんだ。

使命を帯びてやってきたんだ。でも、それがよくわからないんだ。

ほんとうは汚いことなんだ。それはきっと愛されながら、それを裏切ってゆくことだからね。ああ、あなたたちをこんなにも愛している、って勝手に思い詰めているけれど、結局は感傷なんだ。だけど人間は感傷のなかにしか生られないじゃないか。

人は自分という一生のなかでは誰だって孤独なんだからね。

僕にはもう、なにもかもが、いいんだ。よくわからないけれど、胸のなかがどきどきするけどね、すべて、もう、いいんだ。僕はほんとうは人民解放軍派でも赤軍兵士でも革命家でもないし、社会主義者でも、感傷主義者でも裏切り者でも、ないに違いないと思うんだ。ただこの胸がどきどきするものを感じてさえいれば、それら全部であっていいと思うし、きっとそうなんだ、そんな僕でも誰かが許してくれるような気がするんだ。それは汚らしいことなんだ。そのことでここを追われるとしても、僕はモスコーを敗退するドイツ兵のようになって、凍える風を抱きかかえて無敵の革命軍の横を平行して歩いてゆきたいんだ。それが僕に加える聴罪で、罪のように、罰のように、僕は革命軍のために雪のなかに身を埋ずめつくしたいんだ。

僕みたいな病人はプロレタリアの胸のなかのあまりの心の飢えに感染して、きっと革命軍と一緒でなけりゃ歩いてゆく方向もわからないんだよ。たとえロシアで厳寒の雪原に膝を折って血へどを吐いたとしても、すぐそばを革命軍が重苦しく進軍していてさえくれれば、その行き先に向かって十字を切ったまま倒れ果てても、幸福だろうと思っちまう。

まっすぐな道でさみしいって山頭火が書いているだろう？　そこのところ読んでくれただろう？　僕はその言葉が好きなんだ。……僕らは一人ひとり山脈を隔てていても、同じ雪原の上をそれぞれに身をかがませて歩いていると思うんだ。僕は独航船のように雪の原っぱを歩いている人間が好きだよ。草が亡者の髪のように風に叫んでいても、歩いてゆく人間があれば、その行く先を信じなけりゃいけない。なぜなら、すべては彼が証すからだよ。彼が彼を証すまでは、なにひとつ証されないからだよ。それだけが僕を支えている」

「よくわからないわ」

「うん、関係のないことをしゃべっているんだからね。だけど、そのようにあの手紙も、僕も、彼女も、君に渡したことも、すべていいんだ。なされたことはもはや取り返すことはできない。人間には運命を、自分の未来を選択する根拠なんて無いんだ。僕らがどんなことになろうと、いいに違いないんだ。きっとそれがなにかになるんだからね。怖い気がするけれど、僕はそう言い切ってしまいたい。そしてすぐにふとんを被っていたいんだ。すべていい、そう言って、その言葉のために夜が明けるまで怯えていたいんだ」

お姉さんの瞳に不思議な光彩が差して、ただじっと武君の横顔を見つめているのでした。清潔なシャツの襟が少し体温でやわらかくにじんで、白い胸元がはだけたようになって、正面に立って真面目に話し続ける武君に向かって開け放たれています。

武君の前で立ったまま意味もなく指で襟の縁に沿って触れているのです。

「ねえ、なにか言ってくれないかな」

「わからないもの、あたし」

「僕はいやな男でしょ」

「別に……あなたがいま言ったような人なんだわ」

「おい、武君」

そのとき突然、林のなかから詩人の声がしました。

「……失礼だとは思うが、君らはいま非常に馬鹿馬鹿しいことを話していたような気がするんだが。俺がしゃしゃり出ること自体も馬鹿馬鹿しいんだが、とにかく君らが言わなかった言葉はただひとつさ。その言葉をいわないために何度も同じ予感を押しつけあって、まるで密会のように樹の下に佇んではいたがね」

「ああ、君に会いたかったんだ」

「チェッ、革命にだって恋はあろうが、つい恋に革命はないんだな、ヘン」

「ええ、あたしたちはずいぶんと馬鹿だわ」

「ああ、ずいぶんと誇らしげだよ。ところで革命委員会軍事委員をパパに持つお嬢さん、最近の軍事情勢についてパパからなにか聞くかい?」

「……父からはなにも聞かないわ」

「フッ、やはりパパのキッスだけが君らの愛にあふれる美しい家庭なんだな。ところで、なぜ君らは好きって言って、すぐにも抱きあわないの? 口に出せないほど男と女の抱擁が怖いかい?」

お姉さんと武君は呆然と立ちつくし、詩人が近づいてくるのを見つめています。

「ああ、君らにはついに理解できないんだな。恐ろしく後退的な幼児的革命論と、中学生のように純な革命的心情が、ほら、そこに、最も直接的な君らの恋のなかに病的なほど、疎外されたその尻尾を示しているじゃないか！」

「別に、別にそんなんじゃないさ。僕は恋なんかしていないし、だって誰だって愛せるし、もし君がこの場で僕を殺そうとしても！」

「へッ」

詩人がちょっとうつむき、それからズックのつまさきを地面に突き刺しながら、ふっと笑うような表情で顔を上げました。

「ああ、お前がいつもそうやって、自分の死を美しい犠牲的精神で受け止めるのはよく知っているがね。だがね、それなら、俺がお前の目の前で、このお嬢さんを押さえつけ、胸にナイフを突き立てようとしたらどうだい。彼女はパニックになって泣き叫んで、いやあ！　と逃げるに決まっている。それを追いかけて、泣いて歪んだ顔を殴りながらだ、絶望的な悲鳴のなかでズブリとナイフを、骨と骨のすきまからぷりぷりした筋肉の内臓に何度も突き立てたようとしたら……。それでも俺たち二人を、愛しながら見ていられるかね？」

「見てなんていられないさ。止めるさ。君たち二人を愛しながら止めるよ」

「ヘッ、いいかい、俺が女を殺そうとして、女が、いやあ！　って泣き叫んだ時にだけ、お前は俺と女を具体的なものとして初めて愛すんだ。わかるかい？　それがお前の誰をも愛するっていう奴さ！　ハッハッ、誰も愛せない人間が修羅の危機のときにだけ、いままでの欠如の一切を回復させるように、二人とも好きだ！　って叫ぶんだ。とんだお笑い草だ。

おい！　人間はいつもそういう修羅のなかで、その時のように赤裸々で、ピュアで、赤ん坊のように生々しく無力でなけりゃ、お前に愛されないのか！　お前と同じくらい心が衰弱して、心の糧に飢えるくらい絶望して、だから先鋭な！　そうでなけりゃ、愛されないのか？　無力を強弁する博愛主義者め！　すべて、いい！　そう言って、その言葉の恐ろしさに夜明けまで震えている修道院の少年のようなお前さん。その胸のなかを考えたら、なぜ、即座に、そんな強弁を投げ捨て、侮蔑によってこの世界を超え出ようとしないのか、俺は不思議でたまらない」

「侮蔑によっては超えられないからさ」

「無差別の卑劣な愛じゃ、なおさらだな。言葉はすべてを呪縛する。お前は、誰をも愛しますと言ってしまったその恐ろしさによって、世界の残酷さから逃れることが出来ない。

そのことの懊悩から脱することが出来ない。できるものか、そんなこと！　むしろ侮蔑に堪えることの方がよっぽど真の力強い人間の愛の本質なんだ。俺はニーチェを読んだ時、へとへとになりながら、さあ、俺はもう永遠に、偽善を焼きつくす真昼の光のような侮蔑が意味するすべてに堪え続けるんだって思ったがね！」

「……愛だって、それと同じくらい破壊的だよ」

「へッ、だろうな。だが永遠に一歩手前である逡巡と夢想の、だ」

「逡巡にだって意味があるよ」

「へっ、逡巡の海に形式はあるか！　あるのは朦朧派の絵のような永劫の停滞。愛は侮蔑という形式によって初めてその本質を焼けるように表記する！　表記することこそ世界を超え出ることだ。世界を指示し、世界にその本質を付与することだ。お前のような、ただ愛という愛の狂言者は、愛という名の殺戮者の哀れな犠牲者に過ぎないんだぜ！　愛してください、僕たちを。おお、愛してやろうじゃないか、俺たちのお前たちへの侮蔑のなかで！」

そう言うと突然、詩人は笑い出しました。

「いやあ、武君、『そんなんじゃ革命はできません、革命は一瞬の歴史的な犯罪のうちに賭けられています』という君自身の言葉を信じようじゃないか。愛のための殺戮かい？　やれるかい？　そうならいますぐ銃をとれ！　そして敵と同じ虫けらのような己の肉体を鉛の弾丸にさらし、全世界を侮蔑しながら、歴史が吐き出す彼我の死を祝福しようじゃないか！　自由と権利のための死を！　解放青年同盟は君を歓迎するぜ。君の革命のブルースをしまっとけるくらいの部屋はあるぜ！　こうした侮蔑の真の意味を理解しない奴は俗物にすぎない！」

「あなたは極端だわ」

お姉さんが叫ぶように言います。

「へッ、解放青年同盟こそがついに君たちに恐怖であるんだな。フン、きっとそうだろうよ。でも極端って、一体なにがほんとうに極端ですかね。愛してるから抱きあうっていうのは極端じゃないですか？　好きじゃないから嫌いなの。殺されるから殺すの。ノーだからイエスじゃないの。これこそ極端じゃないですか。あらゆる現象に必須である極端というわけさ。でないと言うつもりなら、俺がこれから質問するあらゆる問いに答えてみせるんだな！」

「あなたは一体、どうなったの？」

「おお、教えてやろうか、お嬢さん。ついに俺は詩人になったんだ！」

「詩人？　ただの詩人？」

詩人が顔を紅めていきりたちます。

「ああ、詩人だよ、悪かったたな、詩人、詩人、詩人様さ……。チェッ、いいかい、まるでわかっちゃいないんだから。お前さんたちがなにを考えてるか知らんがね、俺がいままでなにを考えてきたか、言ってやろうか。お前たちに詩人、詩人と道化ながら、ついにほんとうの詩人になった俺が、一体なにを考えてきたか。フン、それは、『不滅』の問題なんだぜ。永久に死なない死のことだ」

武君がにっこり笑いました。

詩人がその微笑みに挑みかかります。

「クソッ、わかってるよ。不滅もまた自己愛の格闘だって言いたいんだろ。だが愛による破滅こそ哀れなその顕現である。このどうしようもない円環、すべてが究極に於いてナルシスであるしかない虚無の上で、お前が世界を見ているのはわかる。だがね、そんな円環に囚われて、お前のようにふぬけた墜落論を講義しよってんじゃない。そんな人肌の温もりなんかずっと跳び越えた『形』のことさ。あらゆる蒸気が凍える青い宇宙の不滅の構造に殉じること、宇宙の論理学を生きること、すなわち全量の『時間』のなかに最後の人類の体温までも飲み込ませ、純化させ、結晶させること、つまり永遠であること、永久の革命的存在のことだ。

わかりやすくいえばだぜ、俺がずっと考えてきたことはレーニン的国家論の究極の思想性と、レーニン的党の工作力学のアウフヘーベンに関すること、すなわち完全な民主化によって人民への暴力装置であった従来の国家は死滅するが、そのためにはプロレタリアの独裁、暴力的な反革命抑圧装置や政治的専制権力が必須となる、その二律背反の矛盾的同一のことさ。レーニンの究極の思想性がなお生き生きと生き続ける組織論、革命的組織論のことだ！

おお、俺はね、ついにこれらの実現が、モネのような『目』であることに気がついた。ひどいショックだったね。こんなにも目でしかないほどに敗北しながら、だからこそ無謬であり得るんだからな、まったく。

詩人……。目によって組織者である最後の洞察者、究極なる者、最後の一者たるべき者、すなわち永遠に現在である、かなたの者、それこそが詩人、そう俺さまの位置なのさ。

その存在の地点によって初めて俺は、強迫的な一息をつけたんだ。

しかしそれがこんな月並な言葉、詩人……、だなんて。実際うらめしいくらい月並な言葉だがね、そんなものに宇宙の論理学である『存在の存在の仕方』があるなんてね。フン、しかしここには恐ろしい現実性への敗北と絶対的なその超越がある。そして、それを実現するのは唯一、肉体となって存在する詩、すなわち俺さま、詩人なんだ！

俺にもよくわからないがね、ただ一言だけ、この結論が導く言葉を与えてやろう。それはこうだ、あらゆる人びとの死、あらゆる共和国の滅亡、あらゆる歴史的な犠牲、それら一切は革命的であり、むしろ進んで欲せられるということだ。

宇宙である『時間』はひたすら屍を積み上げる。逆に『不滅』はその累々たる屍を一瞬のうちに内蔵して、永遠の時間の河口を遡行する。そのとき、不滅は勝手な個々の死の意味を解体し、無にし、白光が屍を貫いて、もはやそこでは誰ひとり死ぬことはない。

それらはいかなる『目』と『肉体』によって実現されるか？　永遠の空間を時間よりも速く見透す目と、世界と現存に対する一個の侮蔑的な肉体、つまり詩人。侮蔑によって個々の意味を乗り越えて永遠の宇宙的時間と同一となった超越者によってだ！

ああ、俺のこんな言い方が理解できるかねえ。つまりだよ、くだらぬたとえを言えばだ、非ユークリッド（幾何学）のように見て、非ユークリッドの先の原理によって現存するってことさ。平行する直線が永遠の彼方で交わるという、あの想像力だよ。まるで存在が超数学のように歪んで魔術的になるんだ。非ユータリッドな空間の変容でもってこの世界に存在しぬくってことさ。究極の歴史的空間に於ける、いわば絶対的転位をもって歴史的現在を生きるってわけさ。究極の視点であるかのような無視点の視点で、つまり永遠のかなたの視点で、そう、カントの不可知論だってだな、その認識の在り方を宇宙の開放系でとらえてみれば、無限に劇的に膨張しているはずの宇宙それ自体が、はるかに遠くの極小の人類にとってはまるで永遠と同じくらい静止して見えるという、たかだか勘違いのチープな観念の所産かもしれないのだ。

いいかい、ただのレトリックだって思うなよ。こういう本質に向かっては言葉なんかまるで無能なんだ。人類の思考がいつまでもカテゴリックだから、科学者も哲学者も、数式でしか表わし得ない宇宙の本質の前で、おびただしい誤読を繰り返しているじゃないか？無限の客観主義、宇宙のように開放されている客観主義、弁証法みたいに無限螺旋に上昇する神秘な視線！

へっ、俺にもよくはわからないがね、無限に止揚過程であるところの超論理的な論理、これこそが詩人だ。永久革命の唯一の組織論だ。多分、永久革命が孕むべき全部だ！　詩人はこうした永久の革命、永久の意味に形式を与え、究極の意味のように現存する肉体なんだ！

彼は無限の乖離として現存し、同時に不滅とぴったりと一致して、ナメクジのように軟体のその本質をさらすんだ。詩人は不断の裏切りであり、同時に予言のごとき最後究極の革命性、朽ち果てることのない、朽ち果てているかに見える真実、無敵の、革命の革命性なんだ！

この時、レーニンの『国家と革命』の思想性と、彼の革命党の組織論とが真っ暗な俺の内部の時間のなかで輝線を発しながら一体となった。俺はいつ、どこで組織するかを識ったんだ！

言ってやろうか、君たち人類が滅亡する日に、俺は究極の革命を組織する。俺の組織論はついに、最後の日に向かって組み立てられたんだ！　俺は恐れない！

だから俺は詩を一行も書かなくとも詩人なんだ。俺は時間の彼方へと向かう永遠のオーガナイザー（組織者）なんだ。

おお、アンドレ・モロワは言った。詩は最も美しい冒険である　と！」

「……君は可愛そうな奴なんだよ。そんな無用の観念に引きずられて、無用の急進化に煽られて、次々と撃鉄を打つように空想のナンセンスに身を任せて、惨めな道化になって、それでも後戻りしないで、ついに死のかなたから歩み寄ってくる青ざめた永久革命者のひとりに変貌するんだね。君が認めさせたがっているのは永久革命の名による、回復しようもない無差別の破滅的行為のことで、それは傲慢と死の冒険主義なんだ」

「ヘン！　それこそそっくりお前にやるべきものだよ。だが、明確に言ってやろうか。必要なのは、まさしくその死の、詩のような冒険主義であり、死の思想性なんだな。なんだか武ふうに理想化した場合と、どこか似ているような気がするけど……。解放青年同盟が言ってるキリストだとか、自分たちの死の究極性、つまり最後の革命や犠牲っていう奴だな、そんなのは、理想化された死の万能の思想性っていう奴の組織力に依っているんだぜ。

すでに明らかなことは、血は必須であろう、ということさ。そして血は、常に最後の血でありたい、ってわけだ。ヘッ、お前が自分のいかなる死を容認しようと、このお嬢さんに加えられる惨殺には堪えられないように、キリストだって十字架上の代償の血によって身を滅ぼし、その自滅の放つ意味の深さによって、主よ、愚かな人間たちを赦してくださ い、と言って初めて世界を赦しに満ちた和解へと導こうとしたわけだよ。ところが、そんなにも愚かな人間たちは十字架のキリストを見て一体なにを考えたのかね。悔い改めたのかね。仏さまだって崖の下の飢えた虎に自身を与え、伝説だがね、肉体をお捨てなさったというが、これはすべて、自分の血の不滅の思想性に依っているんだな。たったひとりの血の、その『言葉』にだ！　ところがだよ、ご存じの通り、全世界は、ついに、いかなる至上の者であれ、ひとりくらいの血によっては一向にまるで改悛しなかったんだな。つまりだからそれは、世界を組織し得なかったんだ。

二千年の歴史はそれを証明している。結局は、彼らは犠牲の血を崇めるだけの宗派でしかなく、その血の思想的願望過多に陥り、ただひとりの至上の血では足らず、何千何万もの人びとの血によって初めて目に見える言葉に高まるっていう、この歴史の絶望を認め難かったんだ。つまりさ、オーガナイズ（組織論）は二千年も前から血と血の思想性に賭けられており、皮肉にも血が甚大であれば過少の思想性によっても世界は転位されるかもしれないが、血が過少であるなら、膨大な思想的な力によってしか、それは成されない。

いいかい、キリストによって世界が贖われたんじゃない！　贖われるというならキリストのようにしてしか世界は贖われないってことなのさ！　それが真実だったんだ。

だからこそ、真正の神は、我が父である主はだ、子であるキリストに、全人類を救おうとする決意と願いを成就しようというなら、人である己を超克せよ、十字架上で死せ、と命じ賜うのだ。おっと、俺に別に茶化してなんかいない。そうだろう！　全然、茶化してなんかいない。

アンドレ・ジードが言ったよ。『神の犯罪はキリストのあの残虐さだ』ってね。ヘン、あれが残虐だというなら世界に救いなどあるものか！

俺はキリストほど自信過剰でも自惚れでもないだけさ。仏様のようにやさしく、身を捨てよ、利他行の慈悲に生きよ、と欲望だらけの人間たちにとってはとても不可能と思える過激派まがいの言葉を吐くわけじゃないだけさ。ただ、対象は手段を制約し、手段は目的を貶める世界の深い断層のなかで、世界をオルガナイズするために数千の路線と数千の段階論とたった二つしかない超越の方向を赤裸々に論理化しようとするだけなんだ。

いいかい、『超克せらるべき者、人類よ！』。あの人の、ニーチェの投げ掛けた呼称を受け止めるなら、絶大な思想性を握って虚空に飛び出すか、奈落の底の深さによって、犠牲という血の河の恐ろしさによって歴史を撃つか、そのどちらかしかない。

しかし宇宙は凍えるほどに空無で、奈落は身を引き裂くような絶望と恐怖に満ちている。この二つの地点にどちらか片方であれ堪えて生き得るか！　同じ不滅の強さを持して、ひとつの立場を、思想のこれが思想であるという核心を支え切れるか！　そして、それらすべてによって、世界をオーガナイズしようとする孤立した立場に屹立し得るか！　証明されない路線に殉じられるか！　まさにここにこそ、ほら、俺の、魂のすべてがあるんだ」

「君は自分に加えられる迫害に堪えるんだね」

「そうだよ！　違いぞ、武。俺は誤謬というなじみ深い、ぅ回路を通ってさえ、歴史の本体を痛打して未来の光明を示してやる！　たとえそれがどんなに殺戮を孕んでいようと、どんなに錯誤に満ちていようと、『不滅』を握った俺が語りかける限り、あらゆる言葉は異様に軟体で、未来永劫、時間の海のなかを遊泳する夜光虫のように聖性を及びるのだ。ついにどんな迫害も誤謬の追撃も、俺を捕縛することはできず、歴史は死にもの狂いで最後の反攻をしようとするが、逆に俺自身である『不滅』をクセルクセスの彫像のように証明してしまうだろう。

なぜなら、俺はあらゆるものにとって最後の光明であるからだ。おお、歴史よ、幾層もの遺跡のなかのうねりよ！　俺はマゾヒストのようにお前たちが可愛いいぜ。俺の侮蔑を受けて這い上がってくるんだ！　いいかい、『不滅』であるなら、無限の時間を握ってさえいるなら、どんなことも可能で、どんなことも正しくて、どんなことも完璧なんだ。

問題は無限を握っているその両手から血がだらだらと流れてるってことなんだ。がまんして、貧血せずに、放棄せずに、最後までそれを握り続けることができるなら、どんなに血が流されようが、最後にはすべては聖なるものとなり、一切は完璧に赦されるのだ。

俺はそのことに堪える、堪える。そして叫ぶんだ、死ね！　死ね！　死ね！　一人ひとりに向かって殺、殺、殺！　そのときひとりの人間が持ち得るすべてが、彼らの一生で持ち得る最高のものが、その一切が、一瞬に、人類に手渡される。全歴史の裡に手渡される。絶叫しろ！　絶叫しろ！　その絶叫によってしかお前たちは愛されない！

武、俺は思うよ。侮蔑はあらゆる歪少な存在を精製するよ。あらゆるものを青く焼きつくすよ。純愛に向うほどに突進して止まないのだよ」

血なまぐさい風が、傾き始めた山上の夕暮れのなかに一瞬、湧きおこり、赤茶けた陽が草むらを蒸しているような気がします。

「なぜなの！」

「な、なにが！　質問の意味が不明だよ。ハハッ、ハハッ」

詩人がひきつるようにお姉さんの視線を避けて笑いだします。

2　詩人の告白

「だけど、俺にはわかっている」

空威張りしてみてから、再び、詩人は、ぽつりと言い始めました。

「……どこか永久革命者の悲哀って、ペテンだとは思わないか？　まるで水晶やサファイアの宝玉に飾られ涙を流して泣いているスペインのマリヤのように革命の悲哀を独占してやがる。そんなにも永久革命者は青く美しい無究の涙なのですか？　いや、まったく冗談じゃない。永久革命なんて血みどろだ。血をぬりたくって築かれるべき痴呆的な空想だ。簡単なんだ、奴らはさ、革命が失敗しようが、人間が何人死のうが、きっと永久に失敗し続け、永久に死に続けるなんてことはないに違いない、だから殺されて、生き残って、また殺されて、また生き残って、こうした連続、無限の連鎖、これを永久革命の名で一度に捨象して無きものにしたうえで、無限に引き続く殺戮の最後の環で、永久に連綿と続く失敗の、その連続の最後の環で、ついに革命の勝利と人間の祝福とを叫びあげるんだからな。

そう、実に簡単、まったく簡単。いつかは勝利するだろうと言いさえすれば誰だって永久革命者になれる。こんな傷つきもしない永久革命者なんてナンセンスだろ？

そうだろう武？　本物の永久革命者とは、全部の歴史の時間を、歴史の全部の血みどろを、ともに生きて、歴史のすべての誤謬を身に受ける革命者、すなわち『詩人』だけだろう？

その身に負うた血は歴史の彼方できっと洗われる。それがレーニンじゃないか！　レーニンのあの夢のように絶大な思想性とあの犯罪者のような組織工作の天才の秘密じゃないか！　ヘッ、レーニンだよ。これがレーニンだよ！　国家も党も死滅して、あらゆる思想までが新しい人間の血肉のなかにいつか死滅してゆくと説いたレーニンの魂じゃないか！

永久革命者は表象のなかにある水晶の涙じゃない。

俺なんだ。この俺の、熱い地点なんだ！

おおお、チクショー！　俺は叫ぶぞ。本物の革命のために叫ぶぞ。やってこい！　やってこい！　やってこい！　亡霊のような赤軍、暗雲のように生きものの心をキュッとちぢめさせて、予告と怒濤の狂気で、イナゴの大軍のように襲いかかるんだ！　ありとあらゆるものを焼きつくすんだ！　ありとある地上の怯懦を断ち、汚辱を窒息させ、悪臭を閉じ、魂だけを、ただ、朽ちはてた山野に赤ん坊の無垢な鳴き声だけを祝福するんだ。世界中を彷徨っているのはもう止めるんだ。年表に顔を出したり、地図帳を赤い舌でなめまわすゲームは終りだ。

この俺の眼前で、俺の頭上からまっさかさまに落ちてきて、俺が立っているもろもろの大地の上に、雨のように、十月の激流のように、地上を犯し、橋梁を破壊し、貯水池をうねりとなって解き放つんだ。俺は雨請いのように赤軍を呼ぶ。俺は草の汁を体にぬって索敵し、びしょ濡れになって哨戒し、赤軍のために、赤軍がなすものの予感のために餓鬼のように膝を折って歓喜に震えている。俺はなにもかもを赤軍にやる。赤軍が襲うすべての者の呼吸と悲鳴とをくれてやる。人間から血を抜きとるんだ！　どす黒く凝固して腹をふくらませている酸化鉄を吐き出さすんだ！　頭蓋をたたき割ってくれ！　脳はふん尿のようなんだ。イタチのような首を絞めてくれ！　雑布のような子宮の炎を泥で埋めつくしてくれ！　すべて、たった一度で最後まで成し遂げてくれ！　それら全部に、数え切れない惨めや屈辱や怒りや希望や愛や憎悪に、ほんとうの明日をやってくれ！　すべての悲鳴を完璧である死によって吹きはらい、二度と、たったひとつの悲鳴も地上に立ち昇らぬようにしてくれ！　俺はお前の全部の証人となる。俺はお前を信じている。俺は八つ裂きになっても、お前の破壊のただなかに立っているぞ！　おお、チクショー、泣けてくるじゃねえか。俺にだけわかる。俺にだけ、悲劇を痛打するほんとうの悲劇のことがわかる」

「馬鹿げている。まるで馬鹿げている！」

詩人は硬直して発作のように叫び続けるのです。

「死ぬべきなんだ。死ぬべきなんだ。何千人も、何万人も。そうすりゃ、『時間』がもうかる。人類の『時間』がもうかる。そうすりゃ。末広がりの人類はいつか、はるかな未来で絶対的な解放を享楽できる。革命が一世代分の『時』を数日で貯金したら、人類の進化は生命史をぐんぐん追い抜いていくだろう。みみっちい人道や正義なんて、この宇宙的時間の前ではなんて根拠もない堕落だろう。時間、時間、時間……時間を消費する『時間』だけが問題だ。

人類という宇宙の一人っ子、その宇宙的物質である生命にふさわしい享楽と解放だけが、ついにこの宇宙のなかで人類が何者であるかを証すんだ、それさえ解ったら、あらゆる革命史は絶対的に転倒し、人類の歴史のすべての誤謬は克服できるのだ！」

詩人は無精ひげと顔一面に散らばったおびただしいにきびをふくらませ、茶色がかった焦点を失くした目つきのまま、ふらふらとそばの木立に寄りかかりました。

「暗いよ、どんどん夕暮れになってゆくよ。俺は一日が終ってゆくのが怖いんだ」

「……君は自分自身が怖いんだね？　君の胸のなかの、こうギルギルしたオイルのようなものが、君のなかの『死』が、きっと怖いんだね？」

武君がそう言って歩み寄ろうとするのです。

「俺はときどき、自分の胸のなかに指を突っ込むんだ。それをひっぱり出して目の前にかざすと、べっとりとエナメル色の糸を引いたグリセリンみたいなのがくっついてるんだ。洗っても洗っても落ちないんだ。中指でさわっても、小指を突込んでみても同じなんだ。五本の指の爪がみんな真黒になっちまいやがって、自分が化け物みたいに思えて悲しくなるんだ。

なあ、武。俺が解放青年同盟に入ると決めた時、これでもずいぶん奴らのキリストについては勉強してたんだぜ。まず彼らは俺のそばにきて、『神はそれについて語るべきものではなく、呼びかけるべき存在だ』とか言ったなあ。……俺はちょっと抵抗したが、永遠の憧れのことであるなら、まあいいやと思ったね。次いで、昨日の兵士集会の席で奴らは熱狂的に叫んだね。『キリストは肉体に人間性を付与した。彼は人間のすべての自然を受け入れ、愛によって、それを聖別した』。俺は、いいぞって思ったね。それから彼らはこう言ったんだ。『わたしもあなたを罰しない』（ヨハネによる福音）。とたんに俺はこいつらをなぐりたくなったんだ。

だってだ、人間のすべてを受け入れ、『侮蔑という愛』によって聖別したのは、ただ十字架あるのみじゃないか。その十字架上にしか証しはないじゃないか。なのに『わたしもあなたを罰しない』、そんな言葉で十字架に架けた奴ら、人間の全部の歴史という愚かで野蛮で残虐な時間の全部を、根こそぎ赦しちまう気なんだ。

俺はそうじゃない。俺は思うんだ。人間のすべてを受け入れるってことは、つまりは万人に十字架を身に受けろってことに違いないんだってだ！　自分たちが磔になる。自分であることの罰をも受け入れる。強欲な人間どもめ！　どこまで図々しいんだ。歴史が聖別されるのはただ肉体の苦痛を身に受けて十字架に登ったキリストのあの絶叫の道しかないんだ。姦淫した女に向かって石を投げつける人間たちに罪なき者のみ石で打てと叫んで女を赦し、弟子のペテロが三度自分を見捨てることを前もって赦しておいたんだそうだがね。彼がこうした人間への愛という名で引受けたものこそ、俺たちが革命という名によって克服すべきものなんだ。

俺たちはキリストの言葉によって赦されるべきじゃなく、彼がいえなかった言葉、ほんとうは彼の愛が言うことをためらった言葉、人間の愚かしさへの『永劫の侮蔑』によってこそ赦されるべきなんだ。世界の最も優れたものは十字架上にしかなくて、大地は全然、聖化されていない。与えられたのは証しであって、聖化の形だけなんだ。証しを成就することこそが革命を革命に成就することなんだ……。

ハハッ、俺たちは永劫の時間によってしか赦されるべきではないのだからな。破壊し、よみがえった世界そのものによって世界とともに赦されるべきなんだからな。

一体、人間を愛するってどういうことだと思うんだい、武は？

キリストに赦された女たちを、つまり愚かで可愛い女たちをやっぱり愛するのかい？それとも十字架上に秘められた崇高な侮蔑をこそ愛すべきなのか？

多分、俺とお前の相異はここにあるんだ。侮蔑によって人を愛することができるか、それに堪え切れずして自分の妹を抱き寄せるように愚かな女たちを愛してしまうのか……」

「それは僕らがずっと討論してきたことなんだ。つまり『犠牲』という名だけがそれらを止揚するよ。僕は、自分の性と生の自立のために悩ましげに彷徨うモーリヤックのテレーズが好きなんだ。人間は自分自身をも裏切り続ける。でも、だからこそ愛があふれてきて、目からも口からもあふれてきて、そのときにはどんな子供でも自分がどんな思いのために十字架に上がるかを識っている。君と二人でいつか聴いたアルバート・アイラーのサックスに泣けそうになっただろう？　それはすでに成されているよ。無言のまま果たされているよ。胸のなかに。真っ暗な部屋の二人の子供の胸のなかのように……」

「ヘン！　汚ねえよ、アイラーのサマータイムにふいっと黙っちまったのはお前さんの方なんだからな……。お前は愛だっていう。あの五時間目の教室だって、このお嬢さんとお前は手を取りあって英雄的な愛を証そうとした。

なぜだよ、なぜ、愛がその人間に強いる破壊的な力を童話のような幼稚さで粉飾するんだ？　ひとりの人間が愛そうと決意する、その時の、その人間の焼けるような思い、その心の業火に手で触れてみようとしないんだ？　前線で救護に当たった医者の死や、たとえばトラクターを設計したり哲学者になりたがったりしているお前たちのただの兵士としての死を、どれほど痛苦で無念だと思おうが、ついに最後まで、そうした事実に対する素朴であいまいな胸打つ決意への賛美者、帰依者にとどまって、そこから一歩を踏み出そうとしないのか。なぜだ？　ほんとうは暗いんだぜ。たとえ愛の光明のために捧げられた死でも、その人間にとってはやっぱり死の暗黒なんだぜ……。

三田がトラクターを一生懸命設計していたのに指がちぎれるまで機関銃をぶっ放して死んだとする。お前は自分が引裂かれたようになって、彼の捨て身の死を讃美するだろう。人として存在の最高度の発揮であるとかなんとか熱病みたいに叫び出し、きっと滂沱の涙で泣く。だが、それはついに彼の死に対する感傷を超えることはなく、その感傷によって全人民に英雄的な決起を呼びかけるのは、だから二重のペテンじゃないか！

ほんとうのことは、そうして死んでゆく人間の裡に秘められた、ひとつの絶対的な抗議、なぜ自分がこうして死ななきゃならないかという、その内的な劇が、いつまでも原始的な階級的感傷というプロレタリアのロマンチシズムのなかに埋葬され続けてしまうからだ。

お前がどんなに『愛だ』と叫ぼうと、そんな感傷による貶めとははるかに遠いところで、死んでゆくひとりの人間の全幅の闘いが行われている。

その人間の、心臓が爆発しそうな思いがある。彼らは、人びとの共感に最も遠いところで孤立しながら、連帯しようとして倒れているのかもしれないんだ。

愛だって？　フン、お前の愛にそうした絶望を超えられるかね。まったく窒息しそうだよ。

俺の最大の敵は愛だ。『自己愛』という愛だ。そうした生きものの愛を乗り越えない限り、人間は自分の全部の自然から脱出することはできないのだ。宇宙のような輪廻を超えた無窮の眼差しで一人ひとりの人間の死を見つめるのでなければ、あらゆるナルシスが、愛の誤謬が、人類の行く手を海霧のように覆うんだ。だから人間は自分の愛を侮蔑しなければならない！『愛情』という名で加えられるあらゆる誤謬から脱するために！」

「愛が誤謬なのかい？」

「そうだ」

「愛情をなの？」

「そうだよ。つまり肉体に体温を許さないことだ。性愛、すなわち最初にして最後の根源的でどうしようもない男と女の愛を捨てることだ。その時こそ人間は肉体の罠から脱し、自由になる。その時、世界は無上の公転軌道で停止し、『時』は無限の一瞬を持続し、重力からも逃れて、地上のすべての苦悩を解放する」

「性愛をですって？」

「ああ、ああ、まったくうるさい女だよ。躓くだけ躓くがいいさ。俺の言っている美しい言葉になんか永久に気づかぬがいいんだ！」

「だって……」

「わかったよ、わかったよ。いいかい、お嬢さん。自分の胸の膨らみにそっと手を当ててみな、そのシャツを両手で引裂いてみろよ。ほら、たまらなく誰かが欲しいって言ってる、生きものみたいな敏感なものが盛り上っているだろう。自分の胸をギューッとくっつけてみたくなるくらい、なにかが欲しいだろう。そう思うだろう。人間はそうできているんだ。なにかそうしたものが欲しくてたまらないようにできているんだ。ああ、俺はねえ、もう全部、言ってやるからなあ。いいかい、お前たちがどこかの森陰で抱きあって髪をなでているのを俺が見たとする。俺は瞬間、凍りついたようになって、美しいその風情を胸にしまっておく。だがいま、お前のその襟からのぞいているものに体中が掻き狂わされているのだとしたら……」

お姉さんは詩人を見返しています。自分の体の隅々が彼らの前にさらされている気がして、怒りと恥ずかしさで顔が熱くなるのです。詩人の言葉は理不尽だわ、と思って、それに反発しようとすると、なんだか自分のなにかが髪や首筋や腕から立昇ってきて、理由もないのに落ち込んでしまうのです。女の体？　なぜ、恥ずかしいの？　あたしは自分が好きだわ。あたしの足や腕はさわっていて気持ちがいいわ。くびれた腰はステキだし、弾んでいるわ。どこもみんなふにゃふにゃで、やさしくて、あたしはあたしが好きだわ。

詩人は言い過ぎたと思ったのか、それとも赤裸々な言葉にお姉さんがどんな反応をするか意地悪く楽しもうとでもしているのか、少しふてくされたような態度でうつむいています。

お姉さんの髪に結んだクリーム色のハンケチが匂って、詩人を腹立たしいような、息苦しい気にさせるのです。

「だから、ヘッ、だからそうゆう目で人をじっと見て、最悪の場合でさえ自分はいじめられている哀れな犠牲者だって訴えるがいいさ。それでもお前の手や足や首筋は『たまらないな！』って男たちを掻き狂わせている、んだとしたら、仮にだぜ、それは、お前にはなんの責任もないかもしれないけど、あのドストエフスキーのナスターシャのように、ラーラのように、それはどうしたって抱きしめなくちゃならないっていうふうに男たちを苦しめているんだ。

そうして抱くだろう。抱いて放すと、また抱きたくなるだろう。お前の腰も胸も頭も自分の両手のなかに埋めつくしたいくらい抱きしめるだろう。それでも苦しくて、お前の体を引き放して、『さあ、微笑んでみせてくれよ、ねえ』なんて言って、お前の肩を抱きながら顔をのぞき込む。お前は涙ぐんだ目で顔を上げて微笑んでみせるだろう。たまらなくなって、またお前の顔を肩にぶつけるぐらい引き寄せて抱きすくめてしまうだろう。ずうっと、ずうっと抱いていても、まだ抱いていたくなるだろう。お前の全部を、お前を確かめるために、むなしいくらい抱いて、抱いていたいだろう。届かなくて、どうしても、どんなに強く抱き締めても届かなくて、だから抱いていることが、そのことだけが、なにしら無上のもののように思えてくるだろう。お前の体を引寄せているのに、お前の体じゃない、もっと別な、もっと大切な、心から自分の欲しかったものを抱いているような気がしてくるだろう。もう死にたくはないし、死んでもいいし、絶望的なくらい幸福で、するとこの感じ、ただこの感じだけが生きていて、実在していて、震えていて、ここにしかほんとうの自分はないと思うだろう。

自分がひとりぽっちだったってことが、自分がいま、初めてひとりの人間を抱いているってことが、なんだかたまらない思いにさせるだろう。周囲が真っ暗になって、知らぬ間に目を閉じているだろう。目を閉じたまま、お前と俺だけがこの世の人間なんだっていうふうに思うだろう。ああ、こんな抱擁、こんな罠、抱きあっても抱きあっても届かないような、気違いになるくらい淋しくて震えっちまう幸福、世界中を昏くして、盲目にする永遠の抱擁が、人間をどうにもできない無力でしつようななにかに手渡してしまうんだ！」

「君は、失恋したんだね」

武君が静かに言います。

詩人は、びっくりして顔を真っ赤にします。

第七章　愛をめぐる論争

1　抱きすくめても届かない

「ヘン、うるさいんだよ、お前はさ。それなら言ってやろうか？　ほんとうはこんな話なんてしたくないんだがね、だって、なにか罪深い印象を与えるに違いないからな。まあいいさ。俺の伯父さんのことを話しちまうさ。あんな伯父は親類中で気嫌いされ、俺だってずっと嫌いだ！　若いときはハンサムだったっていうけど到底、信じられないね。赤黒くむくんだ顔して、腹が張って、チェッ、いかにも精力的って奴さ。それが俺の中学生のある日、二人きりになった時にさ、俺が読んで広げていた本を手に取ったんだ。そいつはあの大逆事件の大杉栄と伊藤野枝が『獣のように愛しあった』日の手紙の載っている個所だった。ちょっと読んでから伯父はふうっと息を抜いて、動物じみた目つきで俺を見すくめたんだ。どろっと笑って、人間てなあ、情けないというか、すごいものさ、俺も雪の原ぱで無中になってヤッタからな、ハハッ、俺がその気になったら、あいつまで同じになった、って伯父は言ったぜ。俺は腹のなかが煮えたぎったな。伯父の十五歳も年下の若い女のことを考えたくはなかったのに考えてしまっていた。あの女と伯父が雪を熱い肌で融かしながら狂気じみて抱きあっている光景がさ、きっと後ろを振り向いてな、来いよっ、とか言って、もつれて外套のベルトを解いたんだ。

女はただ引っ張られて従っただけなんだ、堪えていただけなんだ。あんな時代にはそんな道徳があったんじゃないのか。でも、そのうち俺は妙な気になったんだ。思春期の俺には当てつけがましいくらい惨めな話だったが、なにか抗えないような感じで、もつれて雪の原っぱで抱きあう男と女のことが遠景を見るように美しいと思い始めていたんだ。あいつまでその気になった、って伯父は言ったけど、俺はその言葉はふさわしくないと思った。だって、美しい、と思い始めていたんだからな。たとえ女にとっては耐えるだけのことだったとしても。

へっ、空想にすぎないさ。あいつには惜しいくらい別嬪の若い女と伯父が動物のように求めあっている、それが、胸がむかつくようで、なんだか精悍でステキな感じがしてきたんだ。俺にはわからないなにかがある。俺にはまだ求められないものがある。俺は息苦しくなって、自分が哀しいくらいに思えたよ。伯父を見直したくなんかなかったんだ。絶対に嫌いだったんだ。だけど二人の接合がさ、俺を引き裂くのを感じる。俺は伯父のなにかをどこかで認めたがっている。俺のまだ成長していないなにかが反発しながらそのことに愛着を持っている。

フン、それから伯父は話し続けて、俺が生面目に聞くからうれしくなったんだろう。俺と同じ年ごろだったころの、やっぱりいやらしい話しをした。伯父には土木現場の事務所に働きに行っている姉がいたんだそうだ。俺は知らない人だけど。みぞれが薄い雪になって降り積り始めた午後だった。変な感じなんだ、話のデテールはさ。とにかく姉の後ろを砂浜を通って家に向かっていたというんだ。伯父は姉がヒールの高い靴でうまく歩けず、冬なのに夏物のような白い薄いスカートをはいているのはどうしてなんだろう、って、姉の腰やまくれあがるスカートから見える膝小僧やふとももを目で追って歩いていたんだそうだよ、いやらしいぜ。なんで姉さんはあんなスカートをはいているんだろう、さわったら体がわかるくらいだ、と思ったそうだ。みぞれに濡れてぴったりとはりついた白いスカートの尻が手にとれるほど近くにあったんだ。それが悲しかったというんだ。歩く度に腰と尻が揺れて姉はころびそうになって、風に髪をふり乱して自分の前を歩いているんだ。突然、伯父はそんなかわいそうな姉に飛びついた。砂浜に後ろから押し倒したんだとよ。頭をごつんごつんとたたかれた。気がついたら、姉は仰向けになって、おしろいの剥がれた病人のような顔を正面に向けていた。

伯父は蟹のように顔のそばに曲げた姉の両手を抑えながら、さわらしてくれよって懇願したんだ。その時、こんなのなんでもないよ、って姉が言って、自分を諦めたんだ。伯父は馬鹿みたいになって手を放して姉のシャツのボタンを二つ外した。そして白くて弾けるようなやわらかでピンク色の突起のある乳房を、その上に花びらのような雪がはらはらと舞う凍えるような乳房を見たんだ。伯父は顔をそむけている姉を全身に感じた。頬をつけてみれば姉の体は燃えるように熱いんだ。その体をさわってもいいんだ。でも、そのとき、伯父は、そういうことをしてはいけないのじゃないかと混乱した。姉ちゃんっ！　ヘン、笑わせるよ、伯父はそう叫んで、悔しいような、惨めでたまらないような気持になって泣きだしたって言うんだよ。

こんなのね、姉ちゃんのにね、さわりたかったらさわったっていいって姉が言えば言うほど、どうしてそう言うのかと、伯父は悲しかったたって言うんだ。姉ちゃんはきれいだよ、ほんとうは俺は姉ちゃんが好きだって言いたかったんだ、そうだったんだ、俺は姉ちゃんが可哀そうでたまらなかったんだ、だからそんなことして自分のものにしたかったんだ、って伯父は告白する。

姉はその日から数日して、現場の事務所から帰らない日があって、翌日、ふらふらと海辺の山から下りてきて、昼食をとって、その夜、首をつって死んじまった。

伯父はいままでもその日の異様なできごとを、姉の蝋のような顔や、白くささくれだった肌を覚えているって言うんだ。あのみぞれっぽい日の海辺で見た姉の乳房が夢にまで出てきて、どんな女と抱きあったって姉の乳房には届かない、時々、気が狂ったように姉のことを思い出す、という。あのときおっぱいを噛んでおけば姉ちゃんと俺は救われたかもしれないって、どれだけ勝手な奴だ！　そんなことまで言う。俺にはどうにもならなくなる日がある。姉ちゃんはひとりぼっちだったよ。俺は姉ちゃんと結婚して、幸せにしてやりたかったんだ、俺はほかのどんな男より俺の方が姉ちゃんにとって幸せに違いないってあの時、思ったに違いないんだ、ってさ、笑っちまうな。俺はずっと内心、中学生の抵抗で惨めっぽく伯父をにらみつけながら聴いていたけどね……、俺は伯父のようにはなりたくない。そういうものに囚われて一生を送りたくない。そういう人間でありたくない。俺はどうにもできなくとも、そうでしかないような『人間』から脱出したい。伯父と同じ遺伝子が時々、俺の体のなかからささやくことがあるよ。だから、俺がもし、お前にそんなことをしようとしたって、俺がお前にしてやりたいのはそういうことじゃない、そうじゃないのに、そういうふうにして、引き寄せられ、どうにもできないのに、そういうものに囚われていたくないんだよ！」

夕暮れとともにやってくるどこか黒ずんだ風が、詩人の大人になりつつあるまばらな無精ひげの上をなでています。

「なあ、そうは思わないか？　うつむいた時にさ、まぶたのへりが透き通って見える艶っぽい女がいるよな。コスモスみたいに遠ざかる信じられない微笑みが確かにこの世にあるよな。人間の目と触覚を離れて人間は愛せないのか！　犬や猫は、こうした人間の珍奇でフェティッシュな崇拝主義よりももっと細やかで雄々しい恋愛をしてるんじゃないのか。人間の愛は、どうして退化した生毛の跡にまで密着して、その匂いを嗅ぐなんていう、あ、なんていうんだ？　所詮は遍執的な症病じゃないのか？　俺は多分、お前たち以上にこれらのものに執着しているのさ。だからその崖の突端が、絶望が見えるんだろうさ。俺がなんて言おうと、お前たち女たちはきっと俺が嫌いなんだ。お嬢さん、そうだろ。俺にはようくそのことがわかる。ああ、愛なんて汚くて、執拗で、たとえ俺がどんなに立派になって、お前を思うままにしたところで、お前は総毛立って心のなかで激しく拒絶しているんだし、絶望して、耐えながら、そのことのために泣いて、俺と自分のことを憎むだろうな。ハムレットは叫んだぞ。僧院に行け！　と。

俺は一度、女たちに聞きたかったんだ。美しい女であるって一体どういうことだ？　男が、女が、好きって、嫌いって、一体どういうことだ？　男が女を愛するって俺には理解できない。生きものとして交合にふさわしい対象だからなのか？　美しさは快感だからな！　ヘッ、深く恍惚である一夜の夢のためなのか？　そもそも美しいってなんだ？　自分がほかのどの男たちの目にも美しいって一体どういうことなんだ？　遺伝子の罠か？　進化の謎か？　恋愛も失恋も、愛の、この不可解極まりない個別性って奴で、つまりは反駁できない差別によって、判断不能なくらい俺を苦しめ、不確定性原理のように混乱させ、惨めにしてきただけなんだ。応えてくれよ、こんな俺に君らの個別性を、愛の千年王国に堪え得る君らの個別性を！」

「理由なんて愛にはないわ。あたし自身の個別性だって解らないのに、あたしと、たとえばあたしが好きになった人との個別性なんて、なおさらだわ……」

「たとえばお前の嫌いな男までお前への執着のために衰弱しているとしたら、どうなんだ？　やさしく微笑んでくれさえしたらその場で死んでも幸福だと思っているとしたら、そういう人間にとってお前がお前であるってことが、お前のような女であるってことが一体どういう意味を持つんだ。お前にも、その男にも、生まれた瞬間から責任なんかあるわけがない。だから美しいと思ってしまうことが、そういう観念がさ、人間を不幸にしている。

フン、人間なんて生きものだからな、生臭い欲望があらゆる美学を肥大させているだけのことかも知れないさ。陰気な女が好きな男も、肉感的なのが好きな男も、ただ各々のコンプレックスの転化というか、歪んだ志向性の無秩序な差異にすぎぬかもしれない。とすれば、愛を粉飾してきたあらゆる美学は、その神秘を失い、恋はただ両性類のようなグロテスクな欲望でしかなくなるのだ！

もしも容姿を超えて、純粋な愛って奴を実現しようとしたら、人間は無にならなくちゃならない。でもそんなことは不可能だ。そうなったら人間はどんな形であれ他人を愛するなんてことはできない。愛するよすがを見失うに決まっている。無が魅力的だなんてことはないし、無を愛するなんて、まるで骸骨みたいで、髑髏を愛するなんてできやしないからだ。

だから恋人たちの夢うつつである至福千年なんて欲望の貪欲さ以上じゃない！　恋はそれらの享楽された歴史的観念にすぎない！　俺はこれを拒絶する！」

そのときお姉さんは、あの星空の公園で聞いたおじいさんの話を思い出したのです。おじいさんは言いました。『人類は存在しない。存在するのは一人ひとりの人間じゃからね。これが人類の生存のアポリアなのじゃ。つまり、人間が肉体というものを止揚した時にこそ、初めて人類はほんとうの肉体を持つ。それまでは肉体は人間のもので、人類は宇宙のもので、そして無限にその矛盾によって傷つけられてゆくじゃろう……』。そうなのだわ。この人もきっとそうなのだわ。でもいつかあたしたちは肉体を超えた愛に至るわ。肉体の軛から出でよ！　それがあたしたちの革命のテーゼなんだわ。お姉さんは、そう思ったのです。

「愛は止揚されます。愛しあった人たちの愛は、あなたが言う、それらに対する勝利です！」

「勝利かい！　ヘッ、ステキだねえ。なんて革命的なんだ。愛は止揚されるのか！」

お姉さんにはわかっていたのです。でもそれを言うことは出来なかったのです。ただ目を見開いて詩人を見つめたのです。あたしたちはきっといつかは肉体を超えた真の愛に出会えるわ、きっとそう。それが革命なんだわ。リブよ！

でも、男の人のことってわからない。あたしたちはただ胸がこんなに高鳴るだけだもの。

2 「愛」をめぐる夢想

「それじゃ聞くけど、どうやって止場されるんだい？　俺だってね、むちゃくちゃになって考えたんだぜ、誰もかれもが恋人のように暮せる公平で平等な夢のように解放された世界をだ。そしたら俺の欲望の個別性も、人間の愛欲の基礎である美しさと醜さの手ひどい差別も消し飛んで、この世に愛のために起こり続けている一切の悲劇がなくなって、誰の愛も、恋も成就し、保護され、一度でも踏みにじられるなんてことがない日が来ると思ったんだ。

ふっと考えてみろよ、人間の美意識は、いまは差別のために敏感だけど、やがて段々と美の領域を広げてゆく。そうなれば醜い鼻も気にならなくなるし、厚い唇とだって甘い接吻を交しあえるようになる。あたりまえなんだこんなこと！　なぜなら、それらの美と醜は、ほんとうの『あたし』ではないからだ。肉体の美醜という、好悪という差異は、人間の心のほんとうの『あたし』によって超えられてゆくべきものだからさ。

人間は好悪を超えるべきだ。なぜって、それこそが絶対の平等だからさ。政治的権利の平等、尊厳の平等、そしてついには好悪からも解き放たれて人間は平等であるべきなんだ。そうでなければほんとうの人間の解放なんてないんだ。

そうなれば心の広い、清らかな人たちだけが恋の抱擁を受けるようになる。やがて心の美しい人たちだけになる世紀がおとずれる。世代論が証明するくらい理想的にだ。時間が愚かな前世紀の人間たちを淘汰し、心のやさしい人たちばかりになるんだからな。

そうなると、仮に『愛』という魅惑的な名辞によってであれ、一対の関係を私的占有しようなんて奴は、『ほんとうの愛』の名を騙った差別者として、かつての人種差別者のように厳しい糾弾にさらされる。人間は誰とでも恋人のように抱きあうことができ、ほんとうの平等が、愛に於ける最も人間的な平等が実現される。楽園だよ。人間の美醜や、趣味や性格で、まして収入や財産などで恋人を選ぶなんていう原始人的な偏見、障害は乗り越えられて、誰もかれもが自由で、背が高いとか、鼻が格好いいとか、おっぱいが大きいとか、給料が高いとか、お屋敷のご子息で大地主だとか、そういう理由で恋人を選ぶなんてことは考えすらつかなくなるんだからな。やがてそうした倫理は慣習となり、倫理でさえなくなり、死滅する。

マルクスの言った通り、人間はすべての桎梏から解放されて、最後の個別性である愛の個別性からも解放されて、永遠の時を抱きあうんだからな。

　ところが、そんな人間たちにもふとたまらなくなることが起きる。たとえ人口を二で除するほどの愛が万人のなかに営まれようが、同時に複数と抱きあうことは不可能だからさ。やがて抱きあう順番が問題になる。リーダーは公平な制度を創るべきだって主張する。すると国民は、あらゆる制度は規制であり、自由への反動だ、と叫んで自分たちの愛の共和をゆずらない。

　しかし、結局、くじびきが採用されるに決ってる。だってそれこそが偶然性という、誰もが責任を負う必要がない平等だから……。ところが、ここにひとりの男が出現して、くじびきは愛の冒徳であり、悪しき民主主義、平等に名を借りた愛の支配、制度化であると叫び出す。

　最初の哲学者がこうして出現するんだ。

　愛ってなんだろうか。なぜ人は愛を交わしあうのだろうか。彼がもし強力な男で、愛という言葉、抱擁というものの意味を力強く思考し続けたとすると、人類が到達した最後の解放世界で、初めて正の方向に向かって、つまり歴史的な格差や差別という負の軛から解き放たれた、ほんとうの意味で自由な世界で初めて新しい愛の関係が建設される。彼らは愛の固有性のために命を賭けて闘うだろう。万人が万人と恋人のように暮している世界から、それを疑う新しい恋人たちがほんとうの愛のために立ち上るだろう。差別者の刻印を受けながら、お前のように、愛の勝利のために、尻尾を退化させた進化の過程をもう一度たどるように、止揚された愛の固有性へと、想像も出来ない世界へと、脱出しようとするだろう。どんな軍隊も、治安機関も、制度も、愛の固有性のために闘い続けられる彼らの聖戦を粉砕することはできない。至るところで愛のゲリラ戦は営まれるからだ。お寺の境内、森の中、倉庫の隅、映画館の暗闇……、路上や電車の扉の前で。なぜだ？　愛は最後まで、絶対的に個的であるからさ。たとえ生殖細胞の凍結保存とくじ引きによる提供というごまかしで平等を担保したとしても、なお愛は互いを所有したいという観念を引ずって永劫の岸辺に立っているからさ。愛こそ、生物である人間の、最も深く根源的な権威者であるからだよ。俺は、俺なんだ。俺であろうとし続けるんだ。俺であること、この絶大な確証は、ただ愛のなかにしかないからさ！

愛こそ、自分がひとりの人間で、ほかの誰でもないってことを、その焼けるような怖しさと幸福によって完全に示すものであるからだ！

だからそれは、勝利なんだ。そして愛の勝利は差別なんだ。差別は結局、究極の世界に於いても止揚されないんだ。止揚されない限り人間は己の固有性を乗り越えられず、差別は再生産され、最後の解放された世界をさえ滅ぼしてしまう。ついに固有性こそが唯一無二の不滅の価値で、俺のいまこの時、その充足こそ、俺である俺の、ただひとつしかない至上の価値、命になるんだ。この大矛盾、絶対矛盾！

もうめちゃくちゃになって抱きすくめるしかないだろう。それが絶対的に正しいことだと思って闘うしかない。それが生きている俺の、唯一絶対の、意味になるからだ。だから、愛なんて罠だ！ いつまでも罠だ。結局、同じことの繰り返し、堂々巡りだ。どんなに一人ひとりが大切なものであろうと、その大切なもの同士が差別しあう図式、愛という名の悲劇は続く。差別を区別と言いかえたにしろ、区別のなかにさえ人間が死ぬほどの悲しみが残される！

ましてて俺たちのいまの革命的殺戮が、俺たちの愛など許容するものか！ どこまでも過渡期でしかない永遠の時間のなかで、俺たちはエントロピーである消耗物質にすぎないんだ。解放さるべき未来のために、俺たちの一生の全部が手段なんだ。俺たちは、遠い未来の誰かさんと誰かさんの愛のささやきのために、彼らの崇高な愛のために、彼らの幸福のために、俺たちの一生を手段として費さざるを得ないんだ！

なぜ、愛さなくっちゃならない？　むしろ誰も愛さない方が正しい。

ハハッ、愛の止揚ってこういうことなんだ。そうじゃないなら、これが誤りだっていうんなら、俺たちの問題は一体、どう解決されるんだあ？　万人をひとりの恋人のように愛しながら俺として俺を生きる存在、俺たちが問う存在の質は、一体全体、どんな混乱と分明さでひとりの人間に付与されるのか！　俺にはいまだ堪え難い想定であるだけだ。

そんな人間なんて考えもつかない！　ただひとつの悲劇もなく愛しあう男女なんて！

それらは最後の空想、俺たちの後の、さらにその先の人間たちの、はるかな空想に属するものに違いないさ。解放も自由も、絶対的である個の実現、個の究極の実現、つまり自由であるはずなのに、愛は差別し、人間は己の愛を克服できない。

ねえ、誰もが誰をも虐げない未来、空想された人間たちがなお空想するほど遠い遠いそんな未来の世界で、人と人はどう生きていくのか。その関係の質が、俺にはわからない。

ああ、俺たちは一体どんな新しい未来の人間たちのために戦っているんだろう。俺たちの血みどろの歴史をすべて手段にしちまうようなすばらしい世界が、きっと俺たちを救ってくれるよな。俺たちが想像もしなかった新・人類がすべてを果してくれるよな。

チクショー、くだらないのは俺たちだけだよな。俺たちがくだらないのは俺たちの歴史がくだらないからだよな。せめてこの世界がプチ新・人類ぐらいだったら革命なんかする必要がなかったんだ。俺はそう信じてるんだ。ああ、俺は未来の奴らを信じる。奴らの先の奴らを信じる。俺のことだってほんとうは奴らと同じくらい大切だけど、未来につながらないくだらなさのなかで戦いたくはないからな。だってそれは俺をさえくだらなくさせてしまうからな。

ああ、俺たちは深い歴史の野蛮のなかにいるよ。そこでは人間の愚かな愛から脱出して憎悪することが正しいんだ。それだけが人間の愛を罠から解き放つんだ。憎悪という蒸溜によって、未来の未来が与えるに違いない反転だけを信じて、俺たちの野蛮を侮蔑し続けるんだ。男と女の愛を捨てて、それでも男と女であることを続ける人間の、未来に向かった試練に耐えて、俺たち自身の愛への侮蔑を貫徹するんだ。

この呻吟だけが、未来の恋人たちにほんとうの肉体を与えるに違いないんだからな！ほんとうの愛という愛を与えるに違いないんだからな！

でも、ふと、へんてこな円環が俺を襲うよ。復讐みたいに、美しいものが先験的に権力を持っているなら醜いものだって同じように平等に、先験的な権力を持っていたっていいじゃないか、ってだ。人類が美によって淘汰されることを承認する進化論者には、醜もまた美を淘汰する進化の過程である、ってことが正しいかもしれないじゃないか、ってだよ。醜く美しい女たちこそ美しいだけの女たちを淘汰して子を孕む新しい人類であるかもしれないじゃないか。おお、彼女たちの卵子はどんな遺伝子を望むのだろう。

ああ、絶対的な戦いを戦うっていうのは、なんて悩ましいんだ。結局、愛欲の野蛮と同じ元の木阿弥じゃないか。

フン！　未だ不明な未来だけがこれらアナーキー（無政府状態）に対して本質的であり得るんだ。俺たちには、未来や、未来の未来の時間があるわけじゃなく、ただ、いま、この野蛮があるだけなんだからな。だとしたら野蛮を切り裂く革命の殺戮は正しいんだ。愚かな悲鳴は聖なる救済のための叫びなんだ。

そして俺は、一行の詩も書かずに永久に詩人なんだ！

この反転、それだけを内化して、存在することに堪え得るなら、俺の全部の呻吟は、肉体のままに詩であるんだ。混乱していても、たとえ分明でなくとも、それは俺たちの歴史の水準がそうなだけなんだ。いや間違っていても、それでもいいんだ。かのフランスの初期シュールレアリズムの激昂する叫びのなかに交された言葉、『万人によって作られる詩』『才能の共有化』という革命的スローガンは、なんと俺たちにふさわしいことか。たったひとりの才能の輝きから生まれた詩が、なぜ万人のものであり、なぜ才能は共有化されなくてはならないのか。その言葉の全部の矛盾によって、それらは正しいのだ！

かのトリスタン・ツァラによるダダよ！　暴動よ、破壊よ！　血の色に燃えるボッシュの森も、ルオーのジャンヌの気高さも、その破壊も、背に受ける風の咆哮も、『革命』という超現実に漂って、罠から脱してゆくぞ！　正しい！　正しい！　人間の愛欲はついに憎悪によって類的な淘汰へと進軍する！

『時』を喰いつぶすだけの盲目の個体者たちよ！　お前たちはカモフラージュされた至福千年から召喚され、ついに唯一の止揚過程、すなわち革命的激動に投げ入れられ、精製され、憎悪によって、歴史的存在者としてその屍を聖化されるのだ！」

「歓喜と絶望、まるで歓喜と絶望だね……。僕らにはまだ未来がない。人類はまだほんとうの未来を持つことができない。どんなに目を見開いても歴史は盲目なんだね。だけど君は、どんなにか美しいもののために蝕まれているだろう。君の熱愛は疥癬のように皮膚を食い破って君を気違いのようにする。君は堕天使となって愛のなかを堕ちていって、自分の堕ちてゆくその形姿によって、きっとひとつの予告を打ちたてようとしているんだね。君はそのことを知っている。僕と同じようにそのことを知っている……」

「俺はお前なんかと一緒じゃない、俺はお前のように絶望して愛したくないんだ！」

「愛してみるんだよ。自分なんて捨てて、愛してみるんだ。そしたら決して絶望は力をふるえない……」

「信じられない……。不実な恋人は打ち毀すのが正しいんだ！」

3　あなたたちは二人ともお馬鹿さん

武君が折れた小枝を拾って夢見心地に言います。

「ねえ、いいかい、僕が言うのはほんとうのことなんだよ。僕が子供のころだったよ、家の近所にひとりの少女が移って来たんだ。ある夕暮だった。散歩してたら、その少女が路地にひとりでしゃがんで、チョークでアスファルトの上に絵を画いていたんだ。赤いスカートをはいて、かくんと折った足の間に髪や首を落して、熱中している。地面がすべて彼女のもので、大好きなお馬さんに話しかけるように絵に語りかけながら遊んでいる。わかるだろう、僕の胸を打ったものが。触れちゃいけない、近づいちゃいけない、そっとしておかなくちゃいけない、心の宇宙のことさ、人の心のなかの世界、なにかがあるってことを僕は知ったんだ。

中学生になった時だったよ。自転車で海を見にいったんだ。丘の上に立って凪の水平線に沈む夕陽を見ていたら、丘のすぐ下の渚にひとりの少女が立っている。夕陽の方を向いて、両手をたらして、膝のあたりまでもう海のなかに浸かって身じろぎもしないで、じっとしているんだ。それから驚いたけど、沖に向かって海のなかをまっすぐに歩いていく。遠浅の海をかなり沖まで入っていって、波のなかにじっと立っている。小さな夕暮れの波が少女のスカートを濡らしていたよ。少女は胸を沖に向けて反らせて、どんな考えが湧き起っているのか、わからないけど、すべてを引き受けて、岸辺のどんな人間の言葉にも背を向けようと決意して、波のなかに立っている。指ひとつ動かさないんだ。髪が海のなかでなびいているんだ。時間が止まったような迫心的な感じだった。

ああ、痩せて平べったい背中がいまも間近に見えるよ。小さな肩が、どんな想いをこらえていたんだろう。誰にも知られない少女の一人だけのその光景のために、僕は祈った。死んじゃいけない、死んじゃいけないって、心臓がどくんどくんと響いた。

ああ、僕はこうした印象、かつて自分が見た人間の魂のことをね、忘れないよ。

そして大きくなって、色んな人たちの表情や仕草をじっと見たんだ。すると、ふと相手がどんなに屈強な男でも、なまいきな少女でも、中年のいやみな奴でも、老人の傲岸さのなかにも、僕が小さいころに感じたような、そうしたなにかがあることに気がついたんだ。僕はいつも思った。彼らが彼らでなくなって、小さくなっていって、みんな子供のようになる一瞬がある。その時、アッと言って、僕にはこの人がわかるって思うんだ。

すると、僕は、この人を自分が愛しているのがわかる……。

それは不思議なんだ。暗示的なんだ。どんな人間であっても、ただ時間の外皮が皺や精神や肉体の排他的な構えを築いているだけで、それはただの外皮や外殻にすぎなくて、ふいに、その内側から、どんな人間でも変らない、誰もがほんとうはそこに還元される素裸な魂のようなものが、子供のような顔をして見返すのがわかったんだ。

それはほんとうだよ。万人のなかにひとりの幼児が住んでいる。

どんな人であれ、それがわかる一瞬がある。一億兆もの歴史的個体者のなかに、虐殺者のなかにも、官僚のなかにも、嫌みな出世主義者のなかにも、互いに傷つけあう棘だらけの鎧の下にさえ、たったひとりの幼児が息づいているのが見えるんだ。生きて、怯えて、身構えて、助けを求めて、誰もが不可避的に生きている。……人類というのはね、そのただひとりの幼児のことなんだ。キリストが左の頬をも差し出せと言ったのはきっとこのことなんだ。

人びとはまるで鏡に写った自分の姿に向かって、乱暴し、殺しあい、略奪しあっている。あらゆる人間のなかに住んでいるひとりの幼児が、自分を殺し、自分を略奪し、自分に向かって自分を傷つけあっている。魂とか良心というのはこのことなんだ。こういう自分に対する、心のなかの子供の怯えている声なんだ。

ドストエフスキーの『罪と罰』に登場するラスコーリニコフが高利貸しの老ばの哀れな妹を殺した。あの場面の迫心的なリアリズムを覚えているかい？　自分と同じなにかを、自分と同じようになにかを考えることのできる生きているなにかを、とりかえしのつかない事態のなかで壊してしまう。殺人者が自分のそうした行為の一瞬に覚える一種神秘的な恐れ、共感、同情、哀れみのことがわかるかい？

いいかい？　意識を有するただひとつの存在にとって、他の意識を有する類的存在、すなわち人間以上に、不思議で強迫的で神秘的なものはないからさ。

マルクスが言っているだろう？　『人間が自然の対象のなかに自分を認めるのは、その対象が人間自身であるときだけである』ってね。人間はほかの人間を、それが人間であると思った瞬間、類的な存在を見分けて、自分もまたそのひとりであることを知る。その類とは一体なにか？　万人の前に立って、万人がひとりの人間であると思う、その思い、その類的意識って？　それは万人のなかにひとりの幼児が生きているってことを見つけた瞬間なんだよ！

歴史だけが、人間の外皮だけが見えている。だけどその下にはただひとりの幼児の無防備な姿が始めも終りもなくあるんだ！　人は必ず不思議な共感で他人を見つめる時があるよ。その眼差しを思い浮かべると、僕は誰でも愛せるよ。万人が愛せるよ。一人ひとりの未来や過去のすべてが愛せるよ。どんな誤謬も、裏切りも、万人のなかのただひとりの幼児のために心から愛せるよ。すべての人びとはほんとうはただひとりの幼児にすぎないんだ！」

「……チェッ。たわけた話さ」

「わかっているさ、夢想に過ぎないっていうんだろう。世界はもっとひどいっていうんだろう。ローマの虐殺、上海の殺戮、ドイツ社民党下のナチの暴略……。どんな時代も虐殺者は常に、民衆自身だったよ。民衆が民衆を虐殺し続けたんだ。だけど、それは、歴史という狡猾な生きもののプロパガンダ（宣伝戦）にすぎないんだ。歴史という、いまだほんとうの人類にはなっていない、生まれたばかりでなにもかもよくわかっていない幼児が、そういう化け物に怯えたり、狂乱したり、虐待されたりして、わけもなく虐待しちまったってことにすぎないんだ。

子供だってカエルの四肢を引き裂くことがあるよ。仲間を折檻して殺しちまうことだってあるんだ。赤ん坊の取りあいっこで人形さんのように凍死させたことだってある。いまだ幼児の段階であるにすぎない人類は、自分たちの歴史の悲劇を超えられないだけさ。あらゆる反動も左派もそうした悲劇を盲目のまま繰り返している。

ただひとりの幼児を愛する愛だけが、そうしたものを超えることが出来るんだ。

どんな虐殺者にだって愛しい家族がある。どんな危険で無責任な冒険主義者にだって同じように親しい者たちへの愛情がある。そして家族があるってこと、たとえそれが僕らに見える唯一の暗示にすぎないとしても、それはどんな人間であれ誰かを愛している人間であるってことなんだから、それがすべてなんだ。その人間にどこかから注がれている光の、無視しちゃならない証しなんだ！　どんなにかすかであろうと、たったひと筋の光であろうと、僕らはその光を信じなくちゃならない。その光から全世界を照らし出さなくちゃならない。それが『勝利』だ！　一世代分の殺戮と死の暗黒はどこまでも暗黒の泥沼なんだ。僕は光だけを見つめる。ひと筋の極悪人にさえ注がれる光を、たったひと筋の光を、その輝きを信じるんだ！

この瞬間に、世界は砂漠に浮かんだ蜃気楼の海のように、輝きを及びるんだ。人間を縛ってきた『時』はついに死滅し、まだ生れない胚珠のまま永遠に眠り続ける少女のように、そこでは美も醜も死もない。人びとは子供たちを引寄せて永遠の世界創成を成し遂げる。歴史は超越される。あらゆる悲劇は溶解する。欲望は共感の海に溶け、人間の固有性は類的な普遍性と万有の未験の享楽のなかに統合される。新しい人類のヘゲモニー（指導性）が蜂密のように世界に浸みてゆく。……生きているというのはそういうことなんだ。食物や抱いている肉体のことじゃなく、愛情という無償の観念だけが生きているってことのすべてなんだ！　これは革命なんだ。どんな歴史的革命よりも遠い、愛による絶対的転倒なんだ！」

「……まるで白痴的だ」

「僕は、僕はそれらのことを予言する。人間は愛情という観念だけを喰って、絶対生きてゆくことができる！」

「俺も予言した」

詩人が憤然として武君をにらみつけました。

そして身を反らせて、まるで壇上に立って即興詩で宣言するふうなのです。

「……おお殉教者よ、娼婦であるお前たちよ、俺の胸のなかをのぞいてみろ！　俺が人間であり、人間であることの地獄に立って、生きている人間のすべての労苦と憤激を、お釈迦様の掌のように握っている時、俺はあらゆる人間の生きようとするその無償の劇だけを信じているんだ。彼らのその劇だけが信じ得るただひとつの価値であるからだ。彼らは生きようとしている。生きようとして頭蓋骨を打ちつけて血を流している。殉教者よ、お前たちはそうした彼らの労苦の前に恐れおののき、真っ先に躓いた哀れな娼婦にすぎない！　お前たちは生きている人間の営為の前で最も安易に、夢見がちに、精神と肉体で売淫する！

フン、武、お前の予言とやらも、断然、絶望に対するコケットリーにすぎないのだ。ハハッ、ハハハッ、笑ってしまうぜ。たとえいくらか俺がお前を可愛いいと思ってやったにしろ、しかし俺は絶対、そんなものは承認しない！　なぜだ？　俺は最後まで生きていたいからだよ。究極の未来にまで堪える存在の様式でありたいからだよ。

永久であろうと連続であろうと、革命はこれからも流血を引き継いでゆく。俺は最後の地点まで生きていたいんだ。お前のように突然、愛の殉教へと座礁し、犠牲の標柱となってさよならする馬鹿とは大違い！　俺は流血の意味を背負って、最後究極の流血にまで流血に従うんだ。なんにもしないで祈ってみたところで歴史は手中にできない。俺の革命性は、最後の流血をたったいま実行することで、究極の歴史に至る膨大な『時』を圧縮し、その生々しさに堪えるってことだ。

詩人、へっ、この膨大な時間喪失者の真実は、たったいま、あらゆる生々しさを握って最後の殺戮に至るすべての現場に立ち続けるという、この胸の地獄にこそあるんだからな！」

武君はじっと考え込んでいます。お姉さんは悩ましく唇を噛んでいます。熱っぽい草の臭いがのどに絡んで吐きそうになるのです。

山脈は急激に暗い馬の背のシルエットに変貌し、ホイッスルが広場の方から鳴っています。少年少女たちがバラバラと駆け出してゆきます。

オレンジの雲が尾根の上に二つ三つぽっかりと浮び、煤のような闇が足元を埋めてゆきます。帰途につく軍用トラックが爆音と青白い煙を吐いて準備しています。レンガ色の熾火のような山の端の色光のなかで三人は黙って林を抜け出し、歩き始めます。その仄かな足元を、漆黒の『時』という命の支配者がさりげなくすりぬけていくのでした。

「俺たちの奇妙な戦闘的決意表明が、お前にわかるかね」

詩人がぼそっとつぶやきます。

「俺は正真者だね。ところが武君はなんにもできない死の説法者。こいつ自身のこれからの殺戮に対する、愛という名の偽善的な事前弁護者！」

その時です。突然、お姉さんが、びんたをするように叫ぶのです。

「もうよして！　そんなのばっかり、よしてよ！　あなたたちは二人ともお馬鹿さんよ！　わけがわからない。ちゃんと見て！　生きている人たちをちゃんと見て！　生きているその人たちだけがあたしたちの証しです。そうでしょう？　なぜ？　へんてこよ、自分の信じているものさえ信じられないの？　信じているものを信じて生きてゆくんでしょう？　いま、たくさんの立派な人たちとあたしたちはいっしょに生きています。ここにしかあたしたちのすべてはないわ。この人たちだけが、あたしたちのたったひとつの証しです！　ねえ、解放区のちっさな子供の瞳だって、よく見てごらんなさい。笑っている瞳の小さなよろこびだけが、あたしたちに許された、絶対的に許された証しです。

いいこと、あたしは愛してます、多分、これが全部。あなたも武君も、そのことのほんとうの意味がわからないのだわ！　愛している、それだけであたしは戦えるわ。愛してるってこと、抱きしめたいって思うこと、それだけでいいの、それ以上のおしゃべりなんて意味がないわ！　激しく、激しく、あたしはみんなを愛しています。たったひとりの子供のためにでも、あたしは永遠とだって戦えるわ！　全世界の絶望とだって戦えるわ！　やがてみんな死んでゆくの。あたしたちはみんな、いつかは死んでしまうの。もう誰も愛せなくなるんだ！　ごまかしちゃいけないんだ。たったひとつの愛にだって語り尽くせないものがあるわ。二人とも馬鹿よ！　あなたたちは、まだ人を愛したことがないのと同じくらいお馬鹿さんで、憎らしくて、大嫌いよ！」

お姉さんは一瞬、一番星くらいしかわからないふうに武君の腕を激しく惜しむようにつかんで、勢いよく駆け出してゆきます。

「畜生！　愛してます、愛してます、愛してますよおぉだ！」

詩人が仁王立ちになってお姉さんを見送り、真赤な顔をして叫んでいます。

「僕は、ひとつの激情として生きたいんだ。僕は、ウソでも、在り得ない美しいものに向かって劇的でありたいんだ。……助けてほしいんだ」

詩人が茫然と振り返り、武君を見つめ返します。

テントのわきのポールには、黒い喪章の人民解放軍派の旗が、真紅の革命委員会旗の下に重々しく揺れています。海に向かって沈んでゆく巨大な扇状地の方向には、暗く予言的な赤紫の水平線が一筋、西方絵の滲んだ赤色のように浮かんでいます。

市街地に向うトラックの暗がりに集まっている少年少女たちの肩の上に、小学生のように整列したあどけない彼らの上に、暗い喪章の旗がパタパタともがいて揺れています。

「ハハッ、武、なんだい、君と俺は同じことを言っているんだよ、ねえ、同じなんだ。ハハッ、同じことさ」

（未完）

断章

終末への予感　メモから

◇　◇

「いいかい！　君らは魂のスタッカートを叩け！　タッタッタと、叩け！」

イヤホーンで音楽を聴きながら、お姉さんは体を揺らし、顎を上向けて、酔っているように髪を振った。唇から微かに湿った声がもれてくる。生意気で大人っぽく、がくんと首を垂れて深々と髪に埋もれて、また酔ったように首を振った。

「あたしは感じるの、こうして感じちゃう。本当なんだから」

武君は、真っ赤な顔をして少女を見た。

「ぼくは堪えているんだ、人間の魂に堪えているんだ。いいかい、黙示とは、啓示とは、自分自身の根源に向かって飛躍することへの怯えに近いんだ」

「ねえ、あたしは、あたしはあなたのこと、好きよ。あたしはあなたのこと、好きだわ。あなたは、あたしを忘れないで。あたしが出来ることはこれだけ。あたしはみんなのものになるわ。あたしはあたしから離れるわ。あたしを超えるの。さよなら、あたし、もう、行くわ」

少女は行軍する赤軍の長い長い列の方を見た。

「君は、ねえ、君は幾つだい？」

「十七よ、十七歳、あたし、十七だわ！」

行軍の途中で、老教授は護衛の少年たちに声を掛けた。

「君らは怖くはないのかい？」

「ええ、怖くはないですよ。ほら、先生！　空が青くてすてきですよ」

「うん、ああ、本当だな」

「ぼく、あの山に登りましたよ。すごかったな、夜に星が水飴のなかの無数の気泡みたいに見えるんです。目のすぐそばで、手に触れるくらい、キラキラ輝いて、自分の顔が宇宙の水に浸かったと思うくらい顔のすぐそばで星が光っているんですよ、先生」

最後の演説。終末が近づいている。

「このなかからキリストが現れる。このなかにほんとうのキリストが、ひとりでお立ちになっている。君らに見えるかい？　わたしには見える。キリストが立って、君らのなかのたったひとりのお姿で、この壇上のわたしを見ておられるのがわかる。主よ、あなたの御子は再び、わたしたちとともに、あの悲劇をお受けになるのですね。革命よ、万歳！」

月はぼんやりと輝いていた。人びとは自らの感情を顕わにしようとはしなかった。ただ茫洋と黙々と村の小道を歩き続け、ときどきしゃがみ込み、夜の露営には夜空を見上げる。昼間の灼熱がコルクのような土壌から深く沈んだ紺色の大気へ溶けてゆく。真夏の夜のけだるさが晩秋の新鮮な冷たさとなって交代しながら高原に霧のように流れた。人びとの月影は長く谷間に伸びた。木漏れ日の斑点が濡れたしずくのように地面を飾っている。遠く車輪のこすれる音がする。すべてが炸裂する前の静寂のように静かに山肌に響いていた。

「わたし、水って、好き」

理知的な髪の長い少女は武君を振り返って見た。

「水って、やさしいわ。ほら、あたしの手や腕の上をつるつると滑っていくでしょ」

武君はしっとりと濡れた小麦色の腕の、やわらかなバッタの腹のような内側を見た。

少女は幼いころを思い出す仕草をした。木立に囲まれた水辺の草原だ。髪がほぐれ、肩に流れた。逆光がうずくまった少女をニンフのように彩る。

武君が近づいてゆく。後ろから少女を抱きしめた。

「いやだわ」

「だめだよ、放さないよ」

一郎君と純子ちゃんの会話
「ねえ、あなたのママは?」
「ばかあ——。ママなんて、いないもの」
一郎君は急に泣き顔になって純子ちゃんの頭を叩いた。純子ちゃんはびっくりして、目を見開いたまま、でも泣き出しも、怒りも、笑うこともしなかった。

「……そっか。あたし、ごめんね。でも、あたしは、利かん気な子よ、大丈夫だもん」

一郎君は謝ろうとして、でも、また泣きそうな顔をしてうつむいた。

純子ちゃんは健気に笑顔になって、大人びて一郎君のそばにいった。


「ぼく、にい（兄）ちゃん、好きじゃないよ。にいちゃんびしゃって（捨てて）、いいにいちゃん、買ってくるか」。小さな男の子がママに泣きながら文句を言っているのだ。

その街角の小さな煉瓦造りのビルに、少女がひとりで革命委員会軍事委員のパパを待っている。夜更けてもう深夜に近い。軍事委員会の責任者であるパパが階段を上がってくると、誰もいないはずの会議室からラジオが聞こえてくる。

パッと明かりが灯る。少女がひとり、まぶしげな眼差しを向けて微笑する。

「ひとりでいたのかい？」

「ええ」

パパは会議室の隣の小部屋の印刷機で印刷を始めようとする。

少女はラジオを持ってバルコニーに出てゆく。外には月が出ているのだ。月明かりのなかでハミングして歩き回っている。いつかこの部屋に来たときにはジャスが流れていた。

「クレオパトラの夢」という曲だ、とパパは教えてくれた。パパがときどき胸を焦がして聞いているのは女性のかすれた声で流れる「オールド　ボーイフレンド」という曲。その曲は、なぜだか人を切なくさせる。昔のこととか、ママのこととか、ママ以外のほかの女の人とのこととか、きっとそう、パパはそういうことを思い出すんだわ、こんな時にも、と少女は思う。

「ねっ、おひげを剃ったら?」

そう言って少女は、あまり家に戻ってこない久しぶりのパパのそばに行った。

隣のビルの屋上には少女と褐色の肌をした青年とが向かいあって話をしていた。第五インターのアナキストのアジア系の青年だろうか。少女は寄り添おうとして体を揺らし、彼の前でなにかを訴えているふうだ。風が屋上を流れる。少女の髪が揺れる。

街は暑く、いろんな風景が陽炎となって中空に浮上しそうだった。静かだった。いろんな声が、いろんな人間の声が、戦闘の状況も、解放区の都市のビルの狭間から聞こえてくる。

「そうだね、君の憎悪や永遠という奴には、ひとつの愛があるよ」

「……全軍の革命兵士に告げる。すべての野砲を据え付けよ。すべての機銃を上空に照準せよ。自らの体も銃弾と爆薬で覆え。針金で撃鉄を固定し、銃身が焼けるまで連射し続けろ。医薬品を後方へ！　食料を後方へ！　すべての書物を後方へ！」

いたるところでサイレンが鳴り響き、教会の鐘が鳴り、遠く離れた高原の小さな丘には「全軍、展開！　全軍、展開！」の号令が響いていた。

ホイッスルが鳴る。

前線に向かって消えてゆく最後の革命軍の突撃だった。

「ショーウリー！」

「勝ぉうー利ぃー！」

革命軍は動き出す。丘のかなたに向かって。途切れた空の下に待ち構える破滅と奈落とに向かって――。永遠の戦いは始まったのだ。永久革命の試みはいま、人びとの犠牲によって開始せられたのだ……。

「ホントウハ、我々コソ、サイゴノトツゲキヲスルモノタチデアリタカッタ……」

一九××年、我々をはぐくんだ幾多の歴史的革命と同じ一つの道に向かって、ただ一つの道に向かって、我らは身を躍らせる。同士よ、さようなら。子どもたちよ、未来の人びとよ、我々が自らの死によって語ろうとする言葉を、いつか拾う日の来ることを、その日が訪れることを信じている。我々の幾世代も後の娘や息子たちに栄光あれ！

我々は君たちの形見となって夜鷹の星のように焼けるだろう。

その輝きは隕石のように宇宙の闇を照らすだろう。

永久革命は実行されるのだ。革命は留まることは出来ない。立ち止まることは許されない。革命軍は進軍し続けるしかないのだ！

明け方にすすり泣くという伝説のメムノンの巨像が輝いていた。

そう、時は迫っていたのだ。

解題にかえて

架橋する夢の行方

もしわれわれが空想家のようだと言われるならば、救いがたい理想主義者だと言われるならば、何千回でも答えよう。その通りだと。

チェ・ゲバラ

射殺されたその死に顔があまりにもキリストに似ているので、ボリビアの人々は思わず十字を切ったというキューバ革命の英雄、チェ・ゲバラ。世界中に知られたハンサムで知的な彼の髭面がデザインされた黒色の東大全共闘のポスターは、いまも木枠に張られてわたしの手元にある。実家の屋根裏で長い時間、息を潜めていた。取り出してみるとよみがえるのを感じる。そう、知性はいつもその髭面のように革命的なのだ。

この作品は一九七五年七月に友人ら四人で発行した同人誌『文学研究』（文学研究社）の創刊号（第二章の2まで）と、それ以降の部分、七七年一月の同三号に掲載されたものをほぼそのままに、四〇年を経て添削を施し、言葉足らざる所には言葉を補い、意味不明の煩瑣な部分は削除し、とくに第六章から七章にかけては破綻寸前となっている論旨を救うべく、当初の息吹を失わない範囲で可能な限りぎりぎり最小限の手を加えたもので、いわば四〇年前の作品の一部改訂・復刻版である。このためいまとなっては多少の違和感を伴う毛沢東の中国や、ベトナム戦争下の北ベトナムやホーチミンへの理想化された思い入れがそのまま反映されたものとなっているが、それは当時の日本人が一般的に抱いていた思いとまったく乖離したというものではなく、むしろそれへのリベラルな良心的な表明であること、決して特異な左翼的心情といったものだけで綴られているのではない、ということをまず心情的にお断りしておきたい。

とはいえ、もともとは全五章の構想で、雑誌には第三章「解放区の歴史」、第四章「政府軍大反攻」、終章の第五章「革命の輝き」というごく簡単な目次が書き込まれおり、当時すでに霧散し果てた全共闘運動への個人的で懐古的なシンパシーと、広範なベトナム反戦運動への共感を背景にした、まさしくあの時代への少年っぽいオマージュというべきものだった、のは事実。

が、意気揚々と書かれたのはそのうちの一、二章のみ（この本では初出第二章の3以降を、第三章～七章に仕立てた）で、残念ながら映画のスターウオーズ風にいえば「エピソード1」と「エピソード2」だけの、たった三日間のできごと、という未完で中途の作品なのである。

しかし、読み返せば甘い感傷を伴いつつ、胸がうずく。物語に登場する彼ら彼女たちの振る舞いは純粋すぎるほどだし、その言説は見果てぬ夢を見る人の甘露な眼差しのようだし、正義や人道や報われぬ愛や犠牲のりりしい精神に貫かれ、まるでわたし自身の「失われた時」に出会っているような錯覚にさえ襲われるのだ。

が、物語はなかなか動き出さない。路上の革命戦争の描写などというのはこの場合、荒唐無稽になってしまいそうで、ただただ延々と論争ばかりが続くのである。

しかしこれもまた当時の社会的な状況を反映していたのかも知れない。

ご存じのように、七〇年代に入ってからの大学キャンパスには「全存在をかけて殴る」とする内ゲバのどうしようもない消耗や虫酸の走る悲惨な内部リンチの嵐が吹き荒れ、多くの日本人が反応を失ったように、わたしも判断停止の状態となり、傍観することすら避けた。

そのうえわたしは二部の学生で、昼間は働きつつ夜に大学のキャンパスに現れて、状況のなかに身を浸すという生活だったのだが、個人的な転職などで、とても「革命的」な反戦運動(いまなら反・原発や原発解体のようなものか)に関心を振り向けるという無償のシンパシーは持続不能となっていったのだった。しかし、とはいえ、たとえどうであれ、全共闘運動の絶頂期と事実上の終焉にあたる六八、六九年に大学一、二年生だったという歴史的経験は運命的で絶対的なものであり、そこからこの物語も、わたしのすべても始まったということはできる。

ちょうどこのころ人類史に残る、地球史に刻まれるべきできごとがあった。六九年夏、人類は初めて地球生命体を代表して月面に着陸した。地球的な歓呼、感動を人びとは経験した。宇宙や人類という言葉が鮮やかな銀河のイメージを秘めて人びとの脳に到達した。

その共通体験はわたしたち同時代の思考に深く大きな影響を与えたに違いない。

が、母なる地球では依然として混乱と戦争によって人びとは苦しんでいた。それはいまに至るまで場所を変えては際限もなく繰り返され、引き続いている悲劇と悪夢なのだが、ベトナムでは膨大で無慈悲な殺戮兵器に抗する熾烈な闘いが続いていた。それは宇宙に飛び出した人類の科学的な知性が切り開くバラ色の未来と、なんの関係もないかのように理不尽で教条的で容赦のない戦争の絶望だった。ジャングルやデルタの湿地の泥に汚れた兵士たちの死体。その憂鬱で受け入れがたい落差が、苦く重いコーヒーのように人びとの心を悩ましくさせた。

理想と夢への出口が必要だった。架空の世界ならそれが可能だった。首都の空間が紺色に威圧する機動隊によって「出口なし」へと閉ざされてゆくあの時代、その窒息感や解体へと向かう敗北感に抗し、路上の名もない人びとの側に立ち、壊滅させられた者たちの奪われた声を、真情を、見果てぬ夢を語る、そういう文学的ロマンチシズムに熱中する、それが当時のわたしだった。内ゲバの寒々とした季節をアパートに逃れ、深夜悶々と机に向かい、ひそかに「文学的」なカタストロフへと「総括」するわたし自身がいた、ともいえるのだった。

『文学研究』三号の後記に、二五歳のわたしはこんな風に記している。

……「悲しみ」はようやく二章が終った。以後彼らはマルキズムの大河の中に、軍事力学の狭谷をぬって身をおどらせてゆく。そして彼らが真に革命的自立を、一切の素朴主義、心情主義から抜け出て成し遂げた時、革命の最後の紅炎が彼らの解放区を焼いているのだろう！　殺りく者は街路にあふれ、彼らは突撃の姿勢のまま地面にうつぶせている。勝利せよ！　勝利せよ！　勝利、ああ、永遠である革命の少女趣味よ！　自潮しながら、心をこめて。

中国では腕に腕章を巻き、小さな赤い毛沢東語録を掲げた「紅衛兵」の少年少女たちが国家権力をひっくり返そうとする想像力を越えた「文化大革命」の激動があった。やがてそれは死体が河に浮かぶという武闘や都市の若者たちの農村部への下放という混沌とした権力闘争の革命状況に陥るが、あのころ深夜の北京放送は毎夜、地下水道の漏水のように哀調を帯びたインターナショナルを流し、長髪ジーパンで夜を徘徊する日本の若者たちに「かならずや全世界の革命勢力は最後には勝利するだろう」と予言のようなテーゼを繰り返していたものだ。

神田神保町の「東方書店」は革命中国のアンテナショップで、電球で照らされた書棚は大小様々なタイプの毛沢東語録で真っ赤に染まっていた。ここには物産も陳列され、万年筆の「金星」とか「英雄」を買い、それはとても安くて書きやすい自慢の中国製万年筆で、ときにはジャスミン茶や中国革命史を抱えてうきうきとアパートに帰ってきたりした。

ベトナムでは「ホーおじさん」が戦っていた。沖縄から北（ベトナム）爆（撃）に向かう米軍のB52爆撃機の黒い怪鳥を思わせる姿に、日本の戦争加担が色濃くにじんでいた。海の向こうでは不思議な民族解放の闘いが続いていた。老人たちの防空隊が高射砲を構え、細身の黒い農民服姿の少女たちが小銃を背にジャングルの補給戦に従事している。その少女たちのなんの屈託もない笑顔に打ちのめされて、革命の少女趣味は膨らんでいった。

「死ということについてよく考えます。闘争の中で死ねば、自分の死が祖国の同胞に何かを与えられると思うので恐れや悔いはありません」

ベトナムの戦場を取材した当時のジャーナリストのルポは、抗仏ゲリラ時代から戦い続けた闘士である南ベトナム解放民族戦線の解放区地方軍司令官のそんな言葉を伝えている。六八年一月の「テト攻勢」で、サイゴンのアメリカ大使館に突入を図った決死の解放戦線兵士の路上にころがった濡れた黒い戦闘服の痩せた射殺された姿。翌二月、後ろ手に縛られた解放戦線兵士が頭に銃を突きつけられて路上で射殺される衝撃的な映像は世界中にショックを与え、世界的に著名な報道写真の賞を贈られるが、引きつったその瞬間の兵士の顔を決して忘れることはなかった。

五〇〇人余もの農民や女性、子供たちを米軍兵士たちが虐殺したソンミ村事件の愚かで戦慄する恐怖。ナパーム弾が炸裂した農道の向こうから炎の膜を突き抜けて衣服が焼けてほとんど全裸となって駆けだしてくる小学生くらいの少女の映像。「熱い、熱い」と泣き叫んで走った少女は生存し、カナダに亡命し、二〇一三年四月、日本で講演することになるが、まるで「沖縄戦」のデ・ジャブだった。そしてジャングルを覆う白い枯れ葉剤の無差別の生きもの抹殺作戦……。青年たちは世界とともに連帯し、パリ・カルチェ・ラタンの市街戦やフランス「五月革命」に共感した。

時代はめくるめく激動の様相、疾風怒濤の季節を重ねていた。

ベトナム反戦を底流にした体制変革を求めるウエーブは、新しい世代が立ち上がるスチューデント・パワーとなって世界中で戦争と兵役の拒否、具体的で個人的で普遍的な、そうした反戦・平和の感情の高まりとなって、人々が殺されている時代のやり場のない怒りや憤りとなって、わたしたちの世代のナイーブな感性を震わせたのだった。

新宿西口地下広場では毎土曜日、「ベ平連」（ベトナムに平和を！市民連合　代表は作家の小田実）の無届けのフォークソング集会が開かれ、ギターや歌声が響いていた。

共感の渦が市民生活のすぐ横にあった。

やがて通勤客らのクレームを理由に怒号のなかで「五〇〇〇人の若者たち」が警察によって路上へ追いやられるが、あの季節、大都会の夜はいたるところで汗ばみ、濃灰色の指揮車の上から拡声器が叫び、生身の若者たちとジュラルミンの盾とが異様に輝いていた。


そのころに二部の学生だったわたしは孤独で、昼は公務員として職場で働き、夕方、少し早くに事務所を出て都心に向かい、煌々と灯り始めたビルの明かりを前に飯田橋の雑踏を右折して授業を逃れ、神楽坂下の外堀通りに面した「佳作座」のスクリーンに耽る、という日々を繰り返していた。フェデリコ・フェリーニ、ジャン・リュック・ゴダール、大島渚、「男はつらいよ」……。スクリーンは雄弁で、目尻に涙が溜まる郷愁とメッセージに満ちていた。

郷里には将来をどうするか、手紙を書き、ときにはわずかな仕送りを送り、ときには窮した学費を仕送りしてもらう。二度、大学から学費滞納による除籍処分を通知され、学生課の窓口に駆け込み、どうしたらいいか問い詰めると、大学を続ける意志はあるのかと職員に質され、ある、と答えると、じゃあ君、嘆願書を書けと指示され、カウンター横の小さなテーブルで向学心に燃える文句を諳んじるように書いて復学を果たすという出来事まであった。

そんな夕暮れから夜へと沈むキャンパスで、バリケードに立てかけられたタテカンの真っ赤な文字を読みふける自分がいることに気がつく。なぜか自治会を牛耳るセクト同士の乱闘騒ぎがあれば息を切らして駆けつけ、やがてバリケードの前の「自主講座」を聴講し、機関誌を手に取り、意を決して学内のデモの隊列に加わり、戦闘的なジグザグデモや、両手を繋いで道路いっぱいに広がるフランスデモに体ごと揺れながら校外の舗装路に出て、「六〇〇〇人の学友たち」と神楽坂下で機動隊と対峙し、指揮車の「かかれ――!」の声に一気に逃げ惑い、ジュラルミンの盾を手にした群青色の制服の固まりが目の前をどどっと駆け抜けてゆくのを、東京理科大の校舎に背を押しつけて言いようのない悲哀の中でやり過ごしたこともある。

目の前で敷石が割られる様子、催涙ガスの煙の中で夜霧に濡れたように見える街灯、投石を受けてよろめいた鬼の第四機動隊員の頑丈な足元、勇ましく旗竿を前方に突き出し、ゲバ棒を鉄棒のように路上に打ちつけて進軍し、突撃し、弧を描いて路上に燃え広がったオレンジの火炎ビン……。日大全共闘の集会が法大で開かれたこともある。

四・二八沖縄デー、新宿騒乱事件となった一〇・二一国際反戦デー、国会包囲デモ、老人も女学生もともに腕を組んだ座り込み、警棒を打ち下ろしながら迫る機動隊……。ただひたすら、歴史が見つめている、いまこそ歴史のただなかにいる、すべてが歴史的なできごとなのだ、だから目撃し、記憶しなければならない、と興奮し、そのまま深夜、散り散りになって電車でアパートに帰ってきたりしたのだった。

わたしが通った大学の全共闘、つまり法大全共闘はノンセクト・ラジカルと総称された黒ヘル集団だった。入学した春から少しして、伝統ある大学の部活動である「雄弁会」の「十分に革命的」だった勧誘に応じ、入部していたのだった。わたしたちの部室は大学キャンパスの中心部の一画に塔のように建つ高層の図書館棟の屋上のすぐ下の肩の位置にある、都心の灰色っぽい夜空を仰ぐことができるバルコニーにあり、鉄筋コンクリートの図書館から鉄の扉を押して出ることになる、通称「ハト小屋」という小さな窓のある六畳ほどの木造の小屋だった。

図書館は間もなく全共闘に占拠され、隣接する蔦が絡まる奇妙なフォルムの六角校舎はその中心的メンバーのひとつだった第二文化連盟の巣窟だった。われわれもまたその二文連に参加していたからバリケード封鎖された図書館への出入りは自由だが、雄弁会という体育会系的なイメージ（とはいえ当時、他大学の弁論部でも左派が牛耳っていた例は多くある）からか、図書館の入り口では微妙な緊張感を伴いつつ「雄弁会です」と名告ることが必要だった。それからハト小屋までぐるぐると階段で一階ずつ薄暗い図書館内を上って行くのだが、各階の踊り場では足元を埋めるタテカンのベニア板や紙やペンキをまたぎ、ときにはバリケードを避け、ヘルメット姿の女子学生や覆面した男子学生たちのたむろする横を微妙な雰囲気ですり抜けたりしたものだ。

「日大闘争」の四十年を経た回想録（『新版　叛逆のバリケード』三一書房）の中で、日大全共闘の一人だったという女子大生がバリケードの中の様子を語っている。

あのころは「ウーマンリブの時代で『女は炊事班』に猛反発されて男子学生が平謝りに謝罪した」とか、しかし彼女はバリケード内では「得意だった炊事などをよくした」という。逃げるときなどに足手まといになる女子を、デモの隊列から除外するといったん男子学生たちが決めたが、女子学生たちの猛反発で撤回した話、そして「単純に警察は正義の味方だと思っていたのに」女子の場合、「機動隊は卑劣な手を使いました。後ろから襲いかかってきて、胸をギュッとつかむというのです。誇りや自尊心を挫こうという実にいやらしいやり口です」。

法大全共闘には、驚いたことに正式名称が「武装蜂起準備委員会」というプロレタリア軍団と通称したセクトまでいた。黒ヘルの無政府主義のセクト、赤ヘルに白いラインをモヒカンに描いた毛沢東主義というマルクス・レーニン主義者同盟「ML」派、青ヘルや紺色の「社青同」や「反帝学評」……。日本共産党革命左派と記したヘルメットさえ一瞬、各セクトが交錯する構内のジグザグデモで見たおぼろげな記憶まである。同派は後に七〇年代中葉に三菱重工本社前などで連続爆破事件を起こした東アジア反日武装戦線の前身。

その中心メンバーの一人は元法大生で、逮捕後に死刑判決を受けている。法大は白ヘルに黒くセクト名を書き込んだ「中核派」の最大の拠点となったが、「革マル派」などとの激しい抗争は暗い夜のキャンパス内を物狂おしい獣のような臭いで充満させ、ワーッとあっちへ、こっちへと、シンパや学生たち「群衆」の目の前で恒常的に暴力沙汰は繰り返され、バリケードから引きずり出された学生や、それを救出しようと押しかけるヘルメット姿の学生ら騒然となった中でアジ演説が叫び、やがてそれを取り巻く群衆から抗議の「帰れ」コールが黒い塊のようになって重く揺れる……。時には代々木系の「千代田地区民青」という労働者たちの「襲撃」があり、キャンパス内が一掃されるということまであった。

図書館の目と鼻の先に建っていた古城の城壁のようでもあり、迷路のようでもあった六角校舎は、内ゲバ・リンチ殺人の現場にもなっていた。

ついに大学構内は警察の強制捜査を受ける。

一方で、それまで校内弁論大会や中大や専修大など神田周辺の五大学弁論大会、長野県松本市で主催する高校生たちの弁論大会など、「七〇年安保反対」の時代の風に全身で反応しつつ、律儀に伝統的な活動をこなしていた雄弁会も、事実上の休部状態となり、OB

会を開いて活動報告を行うなど辻褄を合わせていたものの、初めてヘルメットを用意し、部室の金庫内に置いて、まだ一度もかぶったことのなかった、なけなしの「灰色」（アナーキーな黒でも武闘路線の白色でもない）に塗ったそのヘルメット数個をそっくり押収され、紙切れ一枚だけが残されているといった、あ然とする出来事まで経験したのだった。

六九年九月、日比谷野外音楽堂で「全国全共闘結成大会」が開かれた。

このとき確か数人の女子学生が交じった「赤軍派」を、その名の意味に驚きながら見ているはずだ。確かな記憶はないが、いまも連合赤軍の「あさま山荘事件」から「九ヶ月の沈黙の末の」七二年発行という塩見孝也「赤軍派」議長の冊子「論叢」が手元にある。最も革命的で過激なセクトの論理が、きっと物語に必要だと思ったからなのだろう。

このときの野外音楽堂の雰囲気、人びととすれ違う日比谷公園の様子、女学生や機動隊や夕暮れの明かりなどが「悲しみ～」冒頭の「星空の公園」のイメージとなった。

その年一月、機動隊の放水と催涙ガスに包まれて東大全共闘らが立て籠もった安田講堂が陥落した。

後に有名になった、ボロボロになった占拠学生たちの最後の「時計台放送」が呼びかける。

「われわれの闘いは勝利だった。全国の学生、市民、労働者のみなさん、われわれの闘いは決して終わったのではなく、われわれにかわって闘う同志の諸君が再び解放講堂から時計台放送を行う日まで、この放送を中止します」

赤軍派による「よど号」ハイジャック、中東の国際テロリストに合流した日本赤軍によるテルアビブ空港乱射事件……。現実性を失ったかと思うばかりの生々しさで記憶される悲惨な事件が相次ぐ。衰弱した運動は一種、凄惨な「文学的」逃亡を計り、妄想的な世界革命の夢へと自らを解体させたのだろうか……。そして「成田空港建設反対」の三里塚への援農、カストロが呼びかけるチェ・ゲバラのキューバへのサトウキビ刈りボランティア。

いずれにも参加しなかったが、テレビ画面に映し出された三里塚の団結小屋に揺れる赤旗や、押し寄せる機動隊に立ち向かう老人や婦人行動隊のおばあちゃんたちのユーモラスな勇敢さは、いまもくっきりと目に浮かぶ。学校を休んで闘う少年行動隊の健気な活躍とともに、あのころの英雄的なベトナムの人々の不屈の闘志、不思議な笑顔を思い起こさせるのだ。

こうしてわたしたちの「革命の季節」はしだいに終わっていった。経済成長は人びとを「マイホーム」へと囲い込んだ。七〇年一月の朝日新聞には、そのマイホームのあまりの高値ぶりに「革命も起こしたい気持ち」という見出しの記事が大きく掲載されていた。

そのころ渋谷区神宮前の社団法人・日本食品衛生協会に転職していたわたしは、七一年春の都知事選をめぐって、ベトナム反戦派の美濃部さんの対立候補だった陣営の集会への動員や買収まがいの投票を強要する協会幹部に義憤を覚え、職場の友人と二人で早朝ひそかに抗議のビラを全職員の机の上に配った。それはすぐさま出勤してきた管理職らによって発覚し、理事長室に呼び出され、辞職を勧告され、拒否すると、鉛筆やノートといった筆記具の管理だけを担当する総務係へと不当配転されたのだった。

直後に労働組合を結成する。二十一歳で書記長になった。

このとき組合に参加したビル最上階の食品衛生研究所の白衣の理系の職員たちの屈しないリベラルな姿は、物語の中の静かな善意として革命委員会副政治員らの面影に生かされている。

七五年四月、ついにサイゴンは陥落し、雪崩打つ敗走の国際空港は逃げ惑う傲慢と享楽の代償となる最後の叫びに引き裂かれた。恐慌状態の傀儡政府の軍人、国外逃亡する市民たち……。

救出する米軍ヘリの爆音がバリバリと空気を震わせ、大統領府のバルコニーを駆け上がった北ベトナム正規軍の戦車兵は赤と青の革命政府旗を振った。

そして愛の洪水のような「悲しみ〜」は書き始められたのだった。

まったく革命の物語が必要だと思ったからだ。

悲劇的で英雄的な革命の物語が人々の感覚を研ぎ澄ませ、深め、直視させ、何のために人は生きるのか、自分の人生にどんな意味と意義があるのか、人々の幸福のために自分は何が出来るのか、そうした問いに応えようと自らを促し、浄化するに違いない、と思ったからだ。

戦後日本のマルクス主義は、その最初に主体性論争があった。

歴史の中で個人の主体性とはなにか、それはどんな役割と意義を持つのか、人は何のために、何故生きるのか、どう生きるのか、人類はどこに向かっているのか、国家とはなにか、戦争という殺しあいを許すのか、乗り越えるのか……。そういうことだったけれど、そこに埴谷雄高ら戦後文学の奇跡的な営為である「近代文学」派の特異な「永劫の問い」が加わり、それは反スターリン主義（一国社会主義の閉された革命独裁政権に反対する革命的運動）的でインターナショナル（国際的な革命連帯）な、理想化されたレーニンとトロツキーの「永続革命」と二重写しになって、「永久革命者の悲哀」の鐘となって鳴り響き続けたのだった。

そんなころのわたしの疾風怒濤の読書遍歴は、いまや定かではなくなっているが、「悲しみ～」は間違いなく、その総動員といえる。高校生のころからの生半可な勉学の跡がまざまざと残っていて、ほとんど剥き出しのまま露出している箇所に出会うと、気恥ずかしさと懐かしさで思わず抱きしめたくなるほどだ。

ずーっと少年だったころに出会った内村鑑三の無教会主義の「キリスト者」の信仰は、世俗の権力にまみれた教会の姿を乗りこえて、ただキリストその人に直面することだった。そのキリストはどんな反キリストの反駁にも深い沈黙の中に耐えているのだ。「神は死んだ」と叫ぶニーチェは「ツァラツストラはかく語りき」の俗人たちを深く侮蔑して千年先のたった一人に語りかける「超人」の言葉だ。吉本隆明の「対幻想と共同幻想」は少年の潔癖な心性に、最初の有効な批判的視点を与えてくれたものだった。「言語にとって美とは何か」で切り拓かれた指示表出と自己表出の自己確立的な表出＝表現のダイナミズムは、ちょうど陶酔状態で読みふけっていたドストエフスキーの「大地に接吻する」革命と信仰をめぐるロシア的な熱情の意味をあふれるほど照射した。そして理論的武装を、と願った経済学の宇野弘蔵「三段階論」は、原理論、段階論、現状分析論という明解さで、なぜそうなっているか、それがどういう意味を持つのか、という状況的な思考の「論理学」となった。

その一方で、なんとわたしは失恋し、お茶の水や神田の古本屋街を彷徨い、中原中也の女々しい純情に惹かれながら、埴谷雄高の『死霊』の静謐な世界に浸っていたのだった。

エリアンおまえは此の世に生きられない　おまえはあんまり暗い
エリアンおまえは此の世に生きられない　おまえの言葉は熊の毛のように傷つける
エリアンおまえは此の世に生きられない　おまえは醜く愛せられないから

（吉本隆明『エリアンの手記と詩』）

美しく愛することとはどんなことか、醜く愛することとはどういうことか、そんな答えもない問いを問いかけて、「お姉さん」や「一郎君」「おじいさん」「司令官」たちと暗い脳細胞の奥で白熱して語りあっていたのである。

なぜわたしは愛されなかったのか、ロートレアモンの『マルドロールの歌』のせいなのだ、「詩人」はそのために憎悪するのだ、際限もない問いを追いかけて……。


巷には都市ゲリラ戦の教本という『腹腹時計』のコピーが出回っていた。あのころに古本屋街で見つけた『中国軍事教本』はいまも手元にある。さらに大正時代のものだったか、旧陸軍が野戦で着弾観測する『気球部隊』の教程書も古本屋で偶然見つけて大事にしていた。それはやがて宮崎アニメ映画のようなイメージで登場する「のんきな」革命部隊になるはずで、解放区の外へ飛行しつつメッセージを込めたビラを空中から撒き続ける。……こうして寓話のような、童話のような、「解放区」という架空の世界で生きる人びとの物語が動き出した。

少年少女たちが向かう高原の軍事キャンプ地は、ふるさとである新潟県上越地方のなだらかな森と空が広がる複式火山である妙高山の麓の風景なのだ。

あわてて付け加えれば、組合書記長だった社団法人を退職し、その後も転職を繰り返し、新橋の電力関係の通信社の記者として通産省を飛び回っていたころ、通産省のトイレで古い水道の蛇口を閉めたときに蛇口が軋んで、だれもいないトイレにキルキルという軋み音が長く響き、その響きは塹壕に伏せた少女たちの絶望的な嘆きの声に聞こえたこと、おじいさんの伯父の思い出話には編集長とたった一人の見習い編集員であるわたしと受付の事務の女の子しかいなかった神田の小さな経済雑誌社で、ときどき出入りするでっぷり太った社長が一室しかない薄暗い社内でその女の子につきまとう様を見たこと、終生結婚はしないといっていた独身の上司が酔って一八歳の初級国家公務員だったわたしに一度だけ話した、満州からの引き揚げ列車のトイレで目撃した女性がレイプされる光景……それら二十代の若者の胸に残った悲しい記憶が物語を悩ましく進行させる幾つかのエピソードのヒントになっている。

そして登場人物たちは「主観的な決意表明」を舞台俳優のように陳述し、悶えがたく反駁し、最後には生命の母性である少女たちの愛情のなかに止揚される。

そうした自らに打ち克つように表明される彼らの言説には、幾度も自己犠牲の十字架を負う「革命家」というイメージが立ち現れる。

自己犠牲と失恋には、なぜか共通する甘美な感情があるのだ。

「みなさん、革命は、現段階では戦争であります」（星空のコンサートの司会の男の人）

そう、彼らの長い長い議論のテーマ、ほとんどそれしか語られないテーマは、そういう歴史の酷薄さ、人間の個人的な希望を打ち砕く状況の非情さ、つまり人間の主体性の問題なのだ。

二〇一二年「アラブの春」の過酷な展開となった「シリアの内戦」を想起してみたらいい。日本の女性ジャーナリストが射殺された市街戦の、異常と日常が溶け合うような区別のつかない魔の戦場。政府軍側と反政府軍側になぜ、人びとは分かれ、どういうことのために、どちらかに加わるのか。なぜ政府は自国民を殺し、部族や宗派や利得が絡み合って隣人同士が殺しあい、日々の暮らしの隣で、大通りで、バルコニーの下で、道の両側で、白昼、映画のように、破壊しあい、攻撃しあうのか。武装の意味、市街戦の意義、全体の戦況と戦術上の是非、犠牲となる市民たちの命、生活の破壊のすさまじさ……。

だが、誰かが闘わねばならない。

少年少女たちに託された、時代がかった架空の論議も、ほぼ同様の範疇にある。

ベトナム戦争では戦闘を忌避した勇気ある「脱走兵」たちと、彼らをかくまった人々のネットワーク、例えばべ平連があった。身近な労働運動を思い浮かべてみるだけでも多くの場合、不当な仕打ちと闘い、それを跳ね返さなければならない。不利益を犠牲として受け入れるしか、多数の幸福のために立ち上がることは出来ないのだ。

もっかの原発稼働停止の問題もまた同様の構図の中にある。長い間、地道に原発の安全性を問いかけてきた人々の運動は、原発近隣の多数派や利益シンジケートによって、知る権利を担うマスコミによってさえ、ときに白眼視されてきた。

それは戦争と同じ構図だ。非戦・反戦の声を沸き起こる勇ましげな戦争の声がかき消す。そして多くの犠牲の果てに平和の覚悟にたどり着く。が、再び、人々は争おうとする。

いつも善意の人々は正義を貫こうとして片隅に追いやられてきた。

そうした現状変革への情熱と日常との架け橋となる論理、それが「運動論」であり、「組織論」であり、自らの「主体性」をめぐる論争なのだ。

「犠牲の十字架を身に負う革命勢力」とは、そうした革命主体の内的なパッション、情熱に対するいわば修辞。が、真面目な左翼の教科書では一笑に付すべき後退的な観念だろう。

なにしろちっとも階級的ではないし、労働者階級的でも、普遍的な解放の主体である非抑圧階級的でもない。いうなら神秘主義、ロシアの神学校の生徒の神への愛の告白のようなもの。

そう、念頭にあるのは、ドストエフスキーの『カラマーゾフの兄弟』の末弟アリョシャの姿なのだ。著名なドストエフスキー研究者によれば、彼は書かれるべき一三年後の物語となる第二部に於いて、ロシアの苦悩からロシアを救出するため全国民に蜂起を呼び起こすツアーリー暗殺を企て、自己犠牲的な革命的テロリストとして断頭台に上ることになるという。

ドストエフスキーが死去した翌日、ペテルブルグの学生が『カラマーゾフの兄弟』の第二部について「ロシアの新しいタイプである福音的社会主義者（キリスト教的社会主義者）としての未来について語るものとなるだろうし……」と日記に書きしていると、最近読んだばかりの「『カラマーゾフの兄弟』続編を空想する」（亀山郁夫　光文社新書　二〇〇七年）にあった。

ツアーリー暗殺未遂が頻発したロシアのテロリズムの時代、いまに至るまで、神と革命、人々の苦しみからの解放という真の信仰の熱情と革命とは、ほとんど同じことなのだ。

『カラマーゾフの兄弟』には「社会主義者を自称する小学生コーリャ」が登場する。心優しきアリョシャを慕い、恋愛のような友愛の情を交わしあう。

そして目を輝かせて言うのだ。

「ああ、いつでもいいから、真理のために自分を犠牲にすることができたらなあ、と、ぼくもそうおもっているんですよ」

「ぼくは人類全体のために死にたいと考えているんです……」(米川正夫訳)

革命的小学生は一九世紀末、ロシアにいたのである。

そして民衆の中に再び降臨したキリストを捕らえ、「なぜ人間に自由を与えたのか」と歴史の愚かしさそのものとなって詰問する反キリストの「大審問官」をめぐる弁証……。当時のわたしの真情、熱狂は、こうしたものに身を委ね、火傷するほど憧れていたのである。

そしてついに、そうした長い長い思考の果てに「永久革命者」たちがやってくる。

人類は、いまだ進化の途上にある一介の生物に過ぎず、恐竜の脳が支配する生物的な本能である「欲望」と、その蒸留され理想化された能力である「知性」とが相克しあう連続した瞬間に逃れがたく存在している。革命政権もまた同じように、愚かな専制という旧時代の腐敗に陥り、模倣し、革命防衛という名によって人々への弾圧機関と化す。

革命は、一度は世界をブレーク・スルーし、人々は新しい自由を手にして社会は新たな発展へと向かうのに、再びそこには進歩の歪み、矛盾が生まれ、安住する革命権力は腐敗し、何が正しいことなのかがわからなくなる。自分たちの革命政権を否定することはできるか？

逡巡し、堂々巡りの議論が始まる。

そのとき、「なお、革命は続けられるべきだ」という強靭な意志と使命感を持った「永久革命者」たちが現れる。

彼らは勇敢にも革命政権に立ち向かう。混乱の中で革命は革命され、再び社会は自らの限界を乗り超えてゆく。が、永久革命は際限のない自己否定であるが故に、永遠に自らを革命せざるを得ない自己矛盾を抱え、そのために自己否定は繰り返され、反革命と革命の狭間で多くの人々の血が流され続ける。革命は糾弾され、打倒され、革命され、その革命もまた新たな革命によって革命されるからだ。そうした混乱、錯誤、犠牲、それらすべてを乗り越えることができるか？　彼らの死を贖うことが出来るか？

そのときある種の「悲哀」と「憂鬱」が訪れる。

「永劫の革命」という美しい陥穽が奏でる一種のニヒリズムとなって……。

こうして物語の中に神秘主義的でアナキストでインテリの革命急進派、「殉教」という意味に於いてテロリストでもある解放軍派と、いわば歴史的に存続可能と思量される労働者たちの革命政権、理想化された労農ソビエト（都市と農村の人びとによる民主的な評議会）とその機関である市革命委員会が浮上し、対立しつつ互いを乗り越えようとする物語の構図が生まれた。

当時のわたしはこんなメモをリポート用紙に書いては満たされぬ夢に浸っていたのである。

革命家

壇上に現れた初老の男がギターを抱えて左手を掲げて叫ぶ。

おお、労働者、普遍的存在である市民、シティズンである皆さん！

子どもたちに愛と権利を、女性たちに愛と権利を、貧しい若者たちに愛と権利を、愚かに矛盾を糊塗するメディアと権力者たちには鉄槌を。

パパやママたちに愛と権利を、慎ましく生き、笑い、泣くすべての人々に愛と権利を、ジュヴ（Je veus）、わたしは求める。愛と権利を、自由を。

観客は総立ちになった。叫び声が湧き上がった。ライブだ、音楽のライブなのだ。

子どもたちがわめいた。見えないよ——。周り中の大人たちが立っていたからだ。

真っ暗で見えないよう。

子どもたちを見下ろした大人たちもいった。

俺たちだって見えはしない。明日なんか、見えはしない。だからここに来た。

おお、壇上の革命家は叫ぶ。市民よ、苦闘する労働者よ、娘たちよ、立ち上がる息子たちよ、愛と権利を、愛と権利を、そして自由を！


国民の圧倒的多数派である民衆、すなわち労働者、農民、市民、人びとが自ら革命政権を樹立することで、初めて普遍的な解放勢力である被抑圧者たちによる圧倒的多数による権力の行使というほんとうの民主主義が実現し、それによって権力者たちの国民支配の暴力装置として存続してきた歴史的国家は「死滅する」としたレーニンの『国家と革命』の明快な革命性よ！

多数による独裁、その専制とは、それ自身が言語矛盾であるように、やがて暴力装置は死滅し、国家は死滅し、国境も消滅し、だから国と国が国境をはさんで争った戦争も死滅し、世界中の人びと、労働者たちは連帯して互いを支え合う。

そんなインターナショナルな永遠の反戦平和の理想主義、幻想、論理の白昼夢……。

だが、そのテーゼはどれほど魅力的だったことだろう。

そう、国家から社会へ、労農ソビエトへ！　官僚テクノクラートから市民による「洗濯女による政治」へ！　なんというポエジーなユートピア！　そして勇敢かつ不屈の、英雄的な、虐殺されたローザ・ルクセンブルク。スパルタカス・ブンド（ドイツ共産党）の闘士ローザこそ、それらのイメージにぴったりな響きはなかった。賢く、愛情深い、少女のようなローザ！　反戦・革命の闘いの中でドイツ革命の終焉となって虐殺されたローザ！銃床で頭部を潰され、押し込められた車中でピストルによってとどめを刺され、運河に投げ込まれたローザ！　それも社会民主主義者の手によって。革命の持つ恐ろしい困難さと挫折と悲劇……。

虐殺者側である取調官の審問は、時代の不安が内向する精神の叫びのように思える。それはほんとうの敵と戦わない者たちの言い訳という美しい詭弁なのだが……。

そのシーンは、バリケードの中に見たヘルメット姿の女子学生に憧れた甘酸っぱい記憶が多分に反映されているようで気恥ずかしいが、扇情的な取調官は非合法のテロリストを前にドストエフスキーの登場人物まがいに生きている喜びを、「転向」を誘うように歌い上げる。無力な革命的理想主義者は洪水のような言説にうなだれ、だれをも、たった一人でさえ救えない。

唐突だが、かつて中国人民解放軍は階級のない軍隊だった。指揮員と戦闘員だけの無階級の軍隊だったのだ。戦闘という極限状況でも指揮はあっても階級は認めない！　勲章をぶら下げた将軍などは認めなかったのだ。

現下の、なんと亡霊のような軍事膨張、巨大な汚染、格差社会であることか。

アルバート・アイラーのサックスホーンは抽象的で、それゆえ永遠で、人が悶え、泣き、怒り、叫ぶような苦悩の音色……。

ところで「マルクスの夢」という戦闘的で魅力的なテーマについて、マルクス経済学者の日高普さんは、『月刊　Ａｓａｈｉ』（朝日新聞社　一九九二年二月）に寄稿した「マルクスの夢の行方」（同名の書籍は一九九四年、青土社刊）の中で、こんなふうに述べている。

「共産主義的思想はプラトン以後、人類が長いあいだ抱き続けた夢だった。あるときは修道院の中で、またあるときはユートピアの形で、人々の良心に訴えかけてきた……」

それが十九世紀、マルクスによって大きな現実の流れになる。繰り返しめぐってくる経済的な危機、恐慌によって人々は窮乏し、疲弊する。マルクスはその現実から「資本論」の壮大な体系を構築し、人々の貧窮化が革命を必然的に導くと理論化し、予言し、資本主義の原理論たる純粋資本主義の分析理論を築いた。

「そこには道徳的情熱が燃えたぎっており、弱者（筆者注＝貧窮化する労働者）への同情などいう矮小な枠に収まりきれない人類解放への強大な夢があった。レーニンのロシア革命がマルクスの夢の実現であったことは疑いない」

現実に、資本主義の必然的な崩壊と革命による社会の再生を夢見たマルクスの夢が、歴史上初めてロシア革命による「社会主義体制」を生み、やがて強力な「社会（帝国）主義国家」を現出させ、そのショックは資本主義に社会発展のプレッシャーをかけ続け、それが高度資本主義の豊かさを背景にした福祉社会化への発展を生んだ。しかし、そうしたものを支えてきた生産力理論、成長理論はいまや有限な資源や膨張する地球人口の圧力によって、三・一一フクシマが突きつける脱原発のエネルギー問題などによって絶対矛盾に直面しようとしている。

日高さんは、ひょっとするとそこに再び、社会主義体制が選択した「計画経済」や「マルクスの夢の出番があるかも知れない」と述べ、果たしてどんな未来を人々は築くか、より公平、公正で、ほんとうに人びとが幸せである社会へと世界人類は進化発展できるか、そうした社会の融和的な問題の解決、いわば究極的な「解放」に向かう人びとの努力や献身、情熱、スピリットの中に、「マルクスの夢」はなおも生き続けるのではないか、という趣旨を述べている。

こうして永久革命のイメージは再びよみがえり続ける、のだ。

そしていま世界は、一％の「強欲」な富裕層が九九％の人々を支配するボーダレスでグローバルな新自由主義の無責任な昂進、蔓延による差別的とも言い得る格差社会を生みだし、労働者たちは派遣という名の労働の手段化、資本に都合の良い労働の細分化によって、生きる意味を分断、支配され、その陰で巨大化する資本は一層、生々しい無慈悲な本性を剝き出しにし、利潤を喰うことに我を忘れ、社会には世代を超えた閉塞という病理が蔓延している。

やがてそれは解決不能のしこりと化し、格差は世代を超えた格差、すなわち階級化し、その矛盾はあたかも（社会主義国の崩壊によって敗北したはずの）「マルクスの逆襲」とでもいう恐怖となって資本それ自身に襲いかかる、と予感する宇野弘蔵経済学者の伊藤誠さんの『資本論を読む』（講談社学術文庫）などの指摘もある。いまや最も先端的な熟れた金融・現代資本主義は、その爛熟した発展段階に至って今度こそ、皮肉にも世界を不幸にし、回復不能なほど深くその深部から破壊する原因者となり、それ故に世界は究極的で原理的な崩壊の必然、人びとによる内部からの存在論的な異議申し立てに直面するのではないか、というのである。

これこそ非人間的な世界と理由のない支配からの解放、人びとの幸福と尊厳と自由へと向かう朽ち果てることのない「革命」のイメージではないか。

そして「それこそが真に政治的な愛の行動となるのである」（アントニオ・ネグリ『マルチチュード』）

あとがき

路上の少女のようなハスキーな歌声。声が震えていて、強い意志に満ち、瑞々しく、フランス映画から飛び出たような気高さと若々しさと荒削りな、聴いていて涙ぐんでしまう、胸のうずく歌声。……エディット・ピアフの再来とも評される無名で貧しかった「ZAZ」。個人的なことで恐縮ですが、この作品の添削を「タイム ツウ セイ グッバーイ」と歌うサラ・ブライトマンと、路上の野生を帯びた少女「ZAZ」をヘッドホンで聴きながら進めました。

サラのときには感傷的になって言葉が増殖し、ZAZのときには切なさに冗漫さばかりが目についてそれを削りました。そうした作業を繰り返しているうちにオリジナルな表現がどこにあったのか不明となり、混乱していると、ふと「あんたなんかに俺を切り刻む力があるのか」という声が聞こえてくるのです。そう、四〇年前のわたし自身が、ほかならぬわたしが書いた稚拙な文章の陰から「頭の血の巡りも堂々巡りになりつつある還暦を過ぎたあんたに、俺をどうにかする感受性が残っているのか、新鮮で印象的な持続する思考が可能なのか、描写の矛盾や意味不明の理屈がはみ出しているからといって、世間的なつじつま合わせの安っぽい言い回しでいじくらないでくれ、このわからなさの飛躍と感応にこそ俺の生命があるんだから」と、あのころのわたしが叫んでいるのです。わたしはびっくりし、自信を喪失して「そういうことも言えるな」と弱々しく同意したり、「しかし、君のぶっ飛んだ表現は、力不足そのもので、その姿を世間にそのままさらすのは忍びないのだ」と言い訳したりしつつ、「これを存分に料理できるだけの強靱な感性があるのかと問われたら、ない、と言うしかないが、しかし、それでは稚拙なまま君のすべては無念にも消えてしまうじゃないか」と反論するのです。

そういうことで、とうとう四〇年も昔の作品を、能力のないデスクに原稿をめちゃくちゃにされる絶望感を感じつつ、そういうことは現役時代には何度かあったのですが、あえて添削を施し、復刻してしまいました。一読して感じるのは、こなれた表現が不得意の、思いばかりが先行する、独学の匂いのする、いわば語彙の貧弱さでしょうか。

しかし、流暢で、メタボな、流れるような豊穣よりも、痩せてはいるが尖ったものの方がむしろなにかであり得るのではないか、と思うのです。解題でも触れていますが、こういう訳で一部改訂復刻版となったのでした。そのことにどんな意味があるのか、価値があるのか、ないのか、いやたとえないとなっても、なにかである、ということくらいは言えるでしょう。そんな矛盾した、ただただ言いようのない感情があふれてくるのです。

二十一世紀も十年が過ぎて「革命」はもはや死語のようになりました。「革命的」という修辞上の意味を除けば、ただの時代がかった恐ろしげな鉄の怪物のイメージです。が、多分、それは前世紀の戦争とテロと強制収容所のイメージがあまりに強烈なためで、いうならば「革命前史」の恐ろしさが「革命史」そのものに浸透している、という現象でしょうか。

とはいえイスラムの革命とか、砂漠の民主化とか、東欧の開放とか……なんと「革命」という言葉はアンシャン・レジームに親和するのでしょう。そうしたものからの解放だからこそではありませんか。革命とは人びとの正当防衛のような行為、専制に対する民主主義、英雄的なわくわくする自由、創造性の爆発、そう、ルネッサンスなのです。

この物語は、そんな激動に生きる雄々しき少年少女たちの未完の恋物語なのです。

物語のなかでは革命はどこか神の声のようで、同語反復の翳を帯びつつ、あたかもすべての人びとの幸福を願う弥陀の第十八願のようでもありますが、現実には軍事的な犠牲を強いる闘争であること、そのため人は命を投げ出すことが出来るか、が命題となるのです。そのとき歴史の理想主義が動き出します。犠牲の尊さが立ち上がります。革命もまた往々にして権力欲に絡め取られますが、いわば人類の類的意思そのものなのです。

文明はいつか、国境を超え、人種を超え、経済的な格差をも超えて知恵を出し、共存し、出会うでしょう。そうした未来となぜか相似するピュアな原始の野で満天の星空を見上げる心で、革命という変革の志を縦軸に、個と類、有と無、存在の存在論的矛盾と幸福、とをロマンチックに夢想してみたのが、この作品といえるのかも知れません。

ところで作品を掲載した『文学研究』は、文字通りの三号雑誌に終わりましたが、「悲しみ〜」についての当時、唯一の公的ともいえる反応は、『文学研究』が創刊された直後の一九七五（昭和五十）年に雑誌『文學界』（文藝春秋社）十一月号の「同人雑誌評」に文芸評論家・駒田信二さんが紹介してくれたことでした。

（今月届いた）創刊号十二冊の中では『文学研究』（東京）が最も読みごたえがあった。

「後記」（S・I）にいう…略…若々しい気負いがあって、よろしい。…略…。「悲しみをこめて突撃せよ」（未完）はメルヘンふうの革命小説らしく、のびのびと書かれていて完結が楽しみに待たれる作品だが……

ほんの数行。しかし、頭頂部が軽くしびれる快感だったことをいまも覚えています。友人と二人で小説計四編を掲載したのですが、あとの三編については、「肩肘をいからしすぎている。それも結構だが、そのために腰くだけになっているところがなきにしもあらずである。もっとくつろいだ姿勢で、静かに語ったほうがよくはなかろうか」という講評だっただけに、「完結が楽しみに待たれる作品」という言葉は二十代前半の文学青年を言い知れぬ喜びで包んでくれたものでした。

その後、わたしはひとり帰郷し、作家・井上光晴の主催する文学伝習所が新潟で開かれることを知り、開講された文学伝習所新潟本校に参加し、機関誌『新潟文学』の編集同人として作品を載せるのですが、その間、『文学界』の「同人雑誌評」には、『文学研究』三号に掲載の評論「表出の構造とドストエフスキーに於けるその弁証」と、『新潟文学』二号の小説「堰堤」がせいぜい十数行ですが、久保田正文さん、小松伸六さんに取り上げられました。

　このうち「堰堤」については、八一年一月十二日付けの信濃毎日新聞の五段囲み記事「全国の同人雑誌　秋」の欄で、近藤信行さんが破格の一六行を費やして「藤あきら『堰堤』（新潟文学・二号）を読んだときは、なにかしら。〝才能〟に出会ったようなときめきを感じた。……この作者の語り口には力がこもっている。今後の仕事で、主題と叙述がうまくかみあったら、大きな効果をあらわすだろう」と取り上げていたのは青天の霹靂。

　こうして郷里でやがて創刊された地元紙の記者として活動を始め、二年後、「文学が虚構によって真実を追求するものなら、新聞記者は事実を積み重ねて真実に肉薄すること」と話す朝日新聞の元ベテラン記者の一次面接官のセリフに「さすがだ」と感心し、朝日新聞記者となり二十八年間、各地に転戦する生活を送りました。

　その間、作品は封印され、メモばかりが社員手帳の端に時折、増殖していたのでした。

　改めて読み返すと、ベートーベンを聴きながら読み返した効果もあったでしょうか、やはり未熟で稚拙なものの、言葉の熱狂の陰から生身の赤裸々な「呼びかけ」が聞こえてくる気がして、時に涙ぐんでしまいました。なんというセンチメンタルなことでしょうか。

かつての自分そのもの、二度と帰らぬ時間そのものの、かつて生きたわたし自身の声、そう、思いはみんなわかるのです。忘れたふりをしたことも、胸がかきむしられたこともあるのです。だからこう語りかけたくなったのです。「がんばっていたね」と。

こうしてなけなしのお金をかき集めて本にしようと思ったのです。思い出のためではなく、千年先のたった一人の心に届くかもしれないと……。

あのころのわたしたちの時を超えたメッセージが！

今回このような形で刊行できたのはひとえに同時代社の高井隆さんの友誼に満ちたお力添えの賜物であり、心からお礼と感謝を申し上げます。

二〇一三年　二月　直江津で

著者

著者略歴

藤　あきら（本名・内藤　章）

1949年､新潟県上越市（旧直江津市）生まれ。法政大学第2法学部卒、元朝日新聞記者。栃木、大館、静水、両津、鎌倉通信局長、郡山、北埼玉、所沢、上田支局長を経て上越支局に勤務。その間、精神病院における人権侵害の実態を暴いた「宇都宮病院事件」（宇都宮市）、池子の森を取り返そうという主婦らによる市民運動「米軍池子弾薬庫跡地返還運動」（神奈川県逗子市）などの取材に参加。

著書に『親鸞　越後の風景』（第7回新潟出版文化賞優秀賞　考古堂書店　2011年）。記事が収録されているものに『かながわ100人の肖像』（朝日新聞横浜支局編　有隣堂　1997年）『卒業アルバムから子どもの顔が消えた　検証・静岡の教育』（朝日新聞静岡支局編　二期出版1989年）『じょうえつ春秋』1､2集（日刊上越新聞社　1982年）がある。

新潟親鸞学会会員、高田文化協会会員、元井上光晴文学伝習所「新潟文学」編集同人。

悲しみをこめて突撃せよ

2013年6月10日　　初版第1刷発行

著　者　　藤　あきら

発行者　　高井　隆

発行所　　株式会社同時代社
〒101-0065　東京都千代田区西神田2-7-6
電話　03(3261)3149　FAX　03(3261)3237

組　版　　有限会社閏月社

印　刷　　モリモト印刷株式会社

ISBN978-4-88683-745-5